Sherlock Holmes Companion 1

Sherlock Holmes
Companion 1

HERAUSGEGEBEN
VON
ZEUS WEINSTEIN

HAFFMANS VERLAG

Das Porträt einer Freundschaft
›Mr. Holmes und Dr. Watson‹
erscheint hier, in der Übersetzung von Werner Schmitz,
erstmals deutsch, mit freundlicher Genehmigung der Autoren
und des London Managements, Copyright © MCMLXII by
Michael and Mollie Hardwick.
Die Zitate aus den Sherlock-Holmes-Erzählungen werden in den späteren Fassungen der Übersetzer zum Teil anders lauten, auch Titel werden möglicherweise noch geändert.
Die Illustrationen von Sidney Paget sind den Erstveröffentlichungen in ›The Strand Magazine‹, London 1892–1927, entnommen.
Frontispiz: Sir Arthur Conan Doyle in seinem Arbeitszimmer.
Umschlagzeichnung von Frederic Dorr Steele.
Umschlagrückseite: »Over London by Rail« von Gustave Doré, 1879.
Alle Illustrationen aus den Archiven
von Herausgeber und Verlag.

1.–4. Tausend, Frühling 1984

Satz aus der Baskerville von Mühlberger, Augsburg
Druck und Bindung Wiener Verlag, Wien
ISBN 3 251 20014 3

Inhalt

Mr. Holmes und Dr. Watson

PORTRÄT EINER FREUNDSCHAFT
VON MICHAEL UND MOLLIE HARDWICK
Deutsch von Werner Schmitz

Was wissen wir über Holmes und Watson? Viel und wenig zugleich: Viel aus den Selbstdarstellungen der beiden und dem jeweiligen Bild des einen in den Augen des anderen. Wenig aus den tatsächlichen biographischen Einzelheiten, die über sie vorhanden sind. Dies mag teils ihrem bewundernswerten Mangel an Egozentrik zuzuschreiben sein – der Egoist im Menschen ist es, der sich ins Autobiographische flüchtet –, teils der mangelnden Voraussicht ihrer Verwandtschaft. Wie ewig schade ist es nicht, daß den Ahnen solcher Männer kein prophetischer Engel erscheint, um sie darauf hinzuweisen, daß das wesenlose Kindlein dort im Stall zu einem ruhmreichen Leben auserkoren sei! Ihre Kindheit ist, wie die Shakespeares, in Dunkel und Geheimnis gehüllt.

Von den Tagen vor der Begründung der größten Partnerschaft der Literaturgeschichte wissen wir jedoch fraglos einiges Genaue. Es war an einem Sommerabend, nach dem Tee, als Holmes zum erstenmal über sich und Watson zu sprechen anhub. Vielleicht legte ein abendlicher Sonnenstrahl seine Finger auf die Samttapete jenes berühmten Salons in Baker Street 221B. Doch war sein Locken nicht verführerisch genug, die beiden Freunde zu einem Spaziergang im Park zu reizen. Die Teesachen waren noch nicht abgeräumt (denn Mrs. Hudson war so taktvoll, ihre Mieter so wenig wie möglich zu stören):

> Die Unterhaltung, die unstet und sprunghaft von Golfschlägern zu den Ursachen der Schwankungen der Schiefe der Ekliptik gewandert war, kam schließlich zu dem Problem von Atavismus und erblichen Anlagen. Zur Debatte stand, wie weit irgendein besonderes Talent eines Individuums auf seine Vorfahren zurückginge, und wie weit auf seine frühe Erziehung.

Dies reizte Watson zu der Spekulation, Holmes' Beobachtungsgabe und die ihm eigentümliche Gewandtheit im Schlußfolgern gingen auf sein eigenes, systematisches Training zurück. »In gewissem Grade«, antwortete Holmes nachdenklich.

> Meine Vorfahren waren Landjunker, die offenbar im großen und ganzen ein ihrem Stand gemäßes Leben geführt haben. Gleichwohl liegen mir meine diesbezüglichen Anlagen im Blut; sie mögen von meiner Großmutter herstammen, der Schwester Vernets, des französischen Künstlers. Kunst im Blut nimmt leicht die sonderbarsten Formen an.

Darauf drehte sich das Gespräch um Holmes' Bruder Mycroft, der, wie Holmes bemerkte, Beobachtungsgabe und Gewandtheit im Schlußfolgern in noch höherem Maße besaß als Sherlock selbst. Es war nun sechs Uhr – eine günstige Zeit, regte Holmes an, seinem bemerkenswerten Bruder im Diogenes Club einen Besuch abzustatten – »dem schnurrigsten Club in London«.

Wir werden daher nie erfahren, ob Holmes Watson mehr über seine Ursprünge erzählte: der Rest ist Schweigen. Es steht zu vermuten, daß jene Landjunker in Sussex ansässig waren, da er im Ruhestand in diese Grafschaft zog; und häufig kommt es bei Stadtmenschen vor, daß sie, wenn sie die Stadt für immer verlassen, instinktiv in jenen Teil des Landes zurückkehren, in dem sie zum ersten Male ländlicher Idylle gewahr wurden. Dies war etwa bei Dickens der Fall, der stets mit London gleichgesetzt wird und doch insgeheim dessen Schmutz und Dreck verabscheute; er zog sich in jenes Haus in Gadshill zurück, in dem er schließlich starb, nach welchem er sich in seiner Kindheit so sehr gesehnt hatte. Holmes ist im volkstümlichen Glauben fest in der Baker Street verwurzelt, wo er, wie Watson sagt,

> gerne mitten im Zentrum von fünf Millionen Menschen weilte, seine Fasern ausstreckte und durch sie hinlaufen ließ, empfänglich für jedes kleine Gerücht oder jeden Verdacht über ein ungelöstes Verbrechen.

Mit der ihm eigenen, höchst mangelhaften Wahrnehmungsgabe bemerkt Watson des weiteren, daß

> das Verständnis für die Natur nicht unter seine zahlreichen

> Talente zählte; seine einzige Abwechslung ergab sich, wenn er seinen Geist vom Übeltäter der Stadt der Suche nach seinem Bruder vom Lande zuwandte.

Vielleicht war Watson übermäßig beeindruckt von Holmes' berühmten Ansichten über das Auftreten von Verbrechen in Landhäusern. Auf jeden Fall wird er wohl über Holmes' Eingeständnis die Augenbrauen gelüftet haben, als dieser selbst die Geschichte von der Löwenmähne erzählte, die

> nach meinem Rückzug in mein kleines in Sussex vorfiel, als ich mich vollständig jenem besänftigenden Leben in der Natur hingab, nach welchem ich mich während der langen Jahre in der Tristesse Londons so oft gesehnt hatte.

Wir wissen, daß Holmes' Villa in Sussex »am Südhang der Downs« gelegen hat. Wir dürfen daher seinen Geburtsort irgendwo in diesem Land der Kreideklippen und kurzgeschorenen Rasen vermuten; und daß die Reviere seiner Kindheit Eastbourne, Brighton, Hastings und Pevensey an der Küste, sowie im Landesinnern Lewes, Battle und Herstmonceux umfaßten. Aus der Tatsache, daß er 1914 um die 60 Jahre alt war, wissen wir, daß er um 1854 geboren sein muß. Von seiner Schulzeit wird nichts gesagt, doch kann angenommen werden, daß seine Universitätsjahre an einer südlichen Privatschule vorbereitet wurden – Winchester bietet sich unmittelbar an, denn wo sonst sollte die erzieherische Wiege des jungen Sherlock stehen als unter jenem grimmen Schloß auf dem Berg, Gericht und Gefängnis in einem, in dem Dame Alice Lisle und so viele andere Opfer grausamer und fehlgeleiteter Gesetze ihren Richtern und einem gräßlichen Schicksal gegenüberstanden? Hier, möchten wir meinen, brütete Sherlocks scharfer Verstand zum erstenmal über Schuld und Sühne und Gerechtigkeit. Die alte Domstadt war noch immer ein guter Ort zum Brüten, obschon sechzig Jahre verflossen waren, seit Keats sich über den exzessiv jungfern- und damenhaften Charakter ihrer Straßen ausließ und von den dortigen Türklopfern vermerkte, er habe »noch nie eine so ruhige Versammlung von Löwen- und Widderköpfen gesehen«. In *Die Blutbuchen* bemerkt Holmes vielsagend: »Wenn die Dame, die sich an uns um Hilfe gewandt hat, eine Stelle in Winchester angetreten hätte, dann hätte ich mich niemals um sie gesorgt.«

Nach der Schule die Universität. Aber welche Universität? Viel Blut ist im scholastischen Gezänk über die rivalisierenden Ansprüche von Oxford und Cambridge geflossen. Da wir uns das Vergnügen, derlei Ansprüche zu untersuchen, versagen müssen – so gewichtig sie auch mit Beweis und Gegenbeweis sein mögen –, stimmen wir rundweg für Oxford. Im Geiste sind wir Holmes auf der High Street begegnet; nie haben wir das Flattern seiner Studentenrobe in Christ's Piece wahrgenommen.

Holmes erzählte Watson also (sagen wir), er habe in Oxford zwei Jahre verbracht.

> Ich war nie sehr gesellig, Watson; mochte es immer ziemlich gern, in meinen Zimmern Trübsal zu blasen und meine bescheidenen Gedankenmethoden auszuarbeiten; so daß ich nie sonderlich Umgang hatte mit den Männern meines Jahrgangs. Mit Ausnahme von Fechten und Boxen hatte ich mit Sport nur wenig im Sinn.

Einen Freund gewann Holmes jedoch in diesen zurückgezogenen Jahren – Victor Trevor. Trevors Bullterrier war der Grund, daß sein Herrchen und der hagere und hungrig aussehende junge Holmes einander bekanntmachten: als er sich nämlich eines Tages (ziemlich kurzsichtig) an die Fersen des letzteren heftete. »Eine prosaische Art, Freundschaft zu schließen«, wie Holmes dazu feststellte, aber Trevor erwies sich als ebenso sehr kongenialer Gesellschaft bedürftig wie er selbst, und während der langen Ferien nahm Holmes Trevors Einladung an, einen Monat auf dessen Vaters Wohnsitz in Donnithorpe, Norfolk, zu verbringen.

Diese Einladung schlug die Brücke zwischen Holmes und der hohen Kunst der Ermittlung. Sie machte ihn nämlich mit Trevor Senior bekannt und mit der geheimnisvollen Chiffre betreffend Fliegenpapier und Fasanenhennen, mit der Holmes das Rätsel der *Gloria Scott* löste. In dieser Jugendepisode erscheint uns der große Detektiv zum erstenmal. Holmes bemerkt den mit einem schweren Knauf versehenen Stock des alten Trevor und schließt, jener ginge in letzter Zeit mit der Furcht vor einem persönlichen Attentat um. Aus den eigentümlichen Abflachungen und Verdickungen an seinen Ohren folgert er zutreffend dessen Vergangenheit als Boxer. Aus seinen Händen schließt er auf »eine Menge Grabarbeit«. Trevor bestätigt dies:

> »Hab mein ganzes Geld in den Goldfeldern gemacht.«
> »Sie waren in Neu Seeland.«
> »Wieder richtig.«
> »Sie haben Japan besucht.«
> »Stimmt.«
> »Und Sie waren sehr intim mit jemandem bekannt, dessen Initialen J. A. waren und den Sie später vollständig zu vergessen eifrig bemüht waren.«

Mr. Trevor fällt hier – nicht von der Infinitivkonstruktion bewegt, sondern von der fürchterlichen Schärfe der Holmesschen Diagnosen – in tiefe Ohnmacht und mit dem Gesicht in die Nußschalen, die auf der Tischdecke verstreut herumliegen. Es ist Sherlock Holmes' erster Triumph.

Holmes gestand Watson, dieser Fall sei es gewesen, der seine Aufmerksamkeit zum erstenmal auf jenen Beruf gelenkt habe, der dann sein Lebenswerk wurde. Ehe wir ihm nach London, in seine ruhmreiche Zeit folgen, haben wir jedoch eine weitere bedeutungsvolle Verbindung mit der Trevor-Familie zu besprechen.

Man hat, charmant und voller Überzeugung, die Ansicht vertreten, Holmes' erste Liebe, deren vorzeitiger Tod ihn der ganzen Rasse der Frauen abspenstig gemacht habe, sei Victor Trevors Schwester gewesen. Diese Theorie stützt sich auf einen Satz in Holmes' Bericht an Watson von seinem folgenschweren Besuch in Donnithorpe. »Es gab dort, wie ich hörte, eine Tochter, die aber bei einem Besuch in Birmingham an Diphtherie gestorben sein soll.« Die offensichtliche Irrelevanz, ja das Pathos dieser Erklärung empfand zumindest ein Biograph als bedeutsam. Ging Holmes eben deshalb so leicht über die tote Miss Trevor hinweg, weil er es nicht ertragen konnte, über sie zu reden? Verfälschte er etwa den Zeitpunkt ihres Todes, weil er sie gekannt und geliebt hatte? Wieso erwähnte er die Diphtherie? Warum hob er Birmingham so hervor?

Unserer Ansicht nach sind die Antworten einleuchtend, wenn auch romantisch enttäuschend: Holmes hätte vielleicht einen Verrat, doch sicher nie einen Tod verheimlicht. Ein Mann, der einmal geliebt hat, kann sich wieder verlieben; auch erklärte Holmes Watson kategorisch: »Ich habe nie geliebt ...« Wir werden später auf diese Frage zurückkommen, doch wollen wir Miss Trevor mit Bedauern wieder in ihr Grab in Birmingham zurücklegen und festhalten, daß Holmes diesen Ort und dieses ihr Leiden erwähnte, weil es, wie er selbst sagte, sein Geschäft war, dergleichen zu wissen ... er hatte sich darin geübt, Dinge zu sehen, die andere übersahen. *Requiescat* Miss Trevor – »*Veilchen* mögen ihrem rein und unbefleckten Fleisch entsprießen ...«: die Namens-Blumen (Violet) so vieler Homesscher Heldinnen.

Nach der *Gloria Scott* scheint sich Holmes' Universitätsdasein belebt zu haben, vermutlich, da er um diese Zeit seine berühmten Methoden zu erproben begann. »Während meiner letzten Jahre auf der Universität gab es eine ganze Menge Gerede über mich und meine Methoden«, sagt er. Als er die Universität verließ, kam er nach London und bezog eine Wohnung in der Montague Street, gleich um die Ecke vom Britischen Museum.

Hier, im Schatten dieses imposanten Gebäudes, wartete der Ex-Student darauf, daß sich die Verbrechen bei ihm einstellten. Seine viel zu reichlichen Mußestunden füllte er »durch das Studium all der Zweige der Wissenschaft an, die meine Leistungsfähigkeit noch steigern konnten. Ab und zu geriet mir ein Fall in die Hand, hauptsächlich durch die Vermittlung ehemaliger Kommilitonen.«

Ein solcher Fall war *Das Musgrave-Ritual*. Reginald Musgrave, der in Holmes' College gewesen war, wandte sich eines Tages mit der Bitte an ihn, er möge »jene Kräfte, mit denen Sie uns in Erstaunen zu setzen pflegten, auf die höchst seltsamen Vorgänge in Hurlstone« anwenden, Musgraves Heimatort in Sussex. Froh über die Aussicht, Monate verhaßter Untätigkeit beenden zu können, notierte Holmes sämtliche Einzelheiten und löste das Rätsel eines verschwundenen Butlers und eines merkwürdigen alten Reims, der den Schlüssel zum Versteck der lange verlorenen alten Krone von England barg.

Nun war in der Tat der Boden für die historische Begegnung bereitet. Selbst das Field of the Cloth of Gold verdient diese Bezeichnung nicht in dem Maße wie das chemische Laboratorium im St. Bartholomew's Hospital, in dem Sherlock Holmes zum erstenmal Dr. Watson begegnete.

Hier müssen wir nun innehalten und auf die Jahre zurücksehen, die die beiden aufeinander zugeführt haben. Wer war Watson, was war er – und wo?

John H. Watson, Dr. med., wurde um 1855 im Süden Englands geboren. Wir wissen, daß er sich während einer mittellosen Periode seines späteren Lebens in den Ferien nach den Lichtungen des New Forest oder dem Strand von Southsea sehnte, von wo ein erschöpftes Bankkonto ihn vorübergehend ferngehalten hatte. Wir wissen, daß es ihn bei seiner Rückkehr nach England vom Dienst im Ausland nach London zog; er beschrieb diese Stadt bitter als »jenes große Sammelbecken, in dem sämtliche Faulenzer und Müßiggänger des Empire unweigerlich enden«. Dies klingt nicht wie von einem Cockney gesprochen, und wir sind geneigt, seinen Geburtsort nach Hampshire zu verlegen, wobei er später in Surrey gelebt haben mag. Wir wissen, daß er mit Percy (»Kaulquappe«) Phelps zur Schule ging, der später in dem Fall *The Naval Treaty* eine hervorragende Rolle spielen sollte. Die These, er habe einen Teil seiner Kindheit in Australien verbracht, müssen wir ablehnen, da wir glauben, daß dieses Territorium jenem Abschnitt seines Lebens zuzurechnen ist, in welchem er durch »etliche Staaten und drei verschiedene Kontinente« wanderte und Erfahrungen mit Frauen sammelte. Nichts in Watsons Charakter, wie er selbst ihn vor uns ausbreitet, deutet darauf hin, daß diese Erfahrungen abnorm frühreif waren, und wir folgern, daß er seinen akademischen Grad erst spät erlangte und einen Teil seiner, nun ja, Studienjahre auf einer Art Bildungsreise verbrachte – dergleichen sein Zeitgenosse Jerome K. Jerome einen ausgedehnten Bummel genannt hätte.

Welche Schule er besucht hat, ist unsicher. Percy Phelps' Onkel war Lord Holdhurst, »der große konservative Politiker«, was auf eine Privatschule von einigem Ansehen hindeutet. Wenn nun Holmes in Winchester zur Schule ging, kann Watson kein Wykehamist gewesen sein, da die beiden sich in ihrer Kindheit nie begegnet sind.

Aus einigen Schlüssen, die Holmes aus Watsons Uhr zog, erfahren wir, daß sein Vater 1887 (dem Jahr von *Das Zeichen der Vier*) schon viele Jahre tot war; ferner, daß Watson einen älteren Bruder hatte, von liederlichem Lebenswandel und sorglos; ein Mann, der gute Aussichten hatte, seine Chancen aber vertat und einige Zeit in Armut lebte, die nur gelegentlich von kurzen Perioden des Wohlstands unterbrochen wurde, und der sich am Ende dem Trunk ergab und starb. Watsons Vater und Bruder hatten den gleichen Vornamen – Anfangsbuchstabe H, der auch in Watsons Namen auftaucht. Um 1878 hatte der junge Watson »weder Bekannte noch Verwandte in England«. Freunde seiner Jugendzeit, wie Big Bob Ferguson, »der beste Three-Quarter, den Richmond je hatte«, um Watsons Einschätzung zu zitieren, waren von ihm abgefallen. Er war ein aktiver Bursche, auf dem Rugbyplatz gestählt, von Natur einfach und soldatisch – und so lag es in seinem Wesen, daß er nach der Erlangung seines Doktortitels nach Netley ging, um sich dort einem Lehrgang für Heereschirurgie zu unterziehen. Watson hatte etwas Kiplingeskes an sich, und im späteren Leben muß er dem Dichter ziemlich ähnlich gewesen sein, auch wenn er vermutlich etwas kräftigerer Statur war; denn 1896 bemerkt Bob Ferguson: »Du siehst nicht mehr ganz so aus wie der, den ich im Old Deer Park über die Seile ins Publikum geworfen habe.« Watson hatte den Ruf des ablandigen Winds und das Dreschen des Regens auf hoher See vernommen; er hatte das Lied gehört, wie lange, wie lange! Hinaus in die Ferne, die Ruder hoch ... Und daher: Sems Zelte aufgeschlagen, und mit den Fünften Northumberland Füsilieren als deren Hilfschirurg losgezogen! Vernehmen wir Watsons eigene Worte:

> Das Regiment war zu dieser Zeit in Indien stationiert, und bevor ich zu ihm stoßen konnte, brach der Zweite Afghanistan-Krieg aus. Bei der Landung in Bombay erfuhr ich, daß

S.P

SP

> mein Korps durch die Pässe vorgerückt war und sich bereits tief in Feindesland befand. Trotz allem folgte ich, zusammen mit vielen anderen Offizieren, die sich in der gleichen Lage befanden wie ich, und es gelang mir, sicher nach Kandahar zu kommen, wo ich mein Regiment vorfand und sogleich meine neuen Pflichten übernahm.
> Vielen brachte der Feldzug Auszeichnungen und Beförderung, für mich barg er jedoch nichts als Mißgeschick und Unheil.

Nun den Berkshires beigestellt, diente Watson bei der Schlacht von Maiwand und wurde an der Schulter »von einer Jezailkugel getroffen, die den Knochen zerschmetterte und die Schlüsselbein-Arterie verletzte«. Hierzu nachher noch mehr. Von seinem tapferen Lazarettgehilfen vor dem Tode bewahrt, vom Fieber zerfressen, doch endlich genesend (obgleich seine Gesundheit seiner Ansicht nach unwiederbringlich zerstört war), kehrte Watson heim.

Und so, arm, ohne Freunde und ausgemustert, trieb es ihn eines Morgens im Jahre 1881 in die Criterion Bar, um dort im Glase ein wenig Trost zu suchen. »Acht Pence für ein Glas Sherry« war der bescheidene Preis in jenen glücklichen Tagen, und das in einem der teuersten Hotels von London. Wir dürfen vermuten, daß das Criterion Watson mit sechs oder sieben Pence davonkommen ließ. Indem er seinen Drink schlürfte, klopfte ihm etwas auf die Schulter – es war die Hand des jungen Stamford, der im St. Bartholomew's-Hospital einer seiner Operationsgehilfen gewesen war. Überglücklich ob dieser unerwarteten Begegnung speisten die beiden alten Freunde im Holborn. Unterwegs sprachen sie über Watsons Suche nach einer gemütlichen, aber billigen Wohnung; Stamford fiel ein, daß ein anderer seiner Bekannten an eben diesem Tage dasselbe gesagt hatte – »einer, der oben im chemischen Laboratorium im Hospital arbeitet. Er hat sich heute morgen beklagt, weil er keinen finden kann, der mit ihm ein paar hübsche Zimmer teilen will; die er aufgetan hat ...«

Watson stürzte sich darauf – trotz Stamfords Warnung, sein Freund Sherlock Holmes sei, obzwar ein durchaus anständiger

Kerl, ein wenig sonderbar in seinen Ideen, und in seinen Studien ziellos und exzentrisch.

An diesem Tage fuhren daher Stamford und Watson zum Hospital, und dort, in dem hohen, mit zahllosen Flaschen übersäten und von den blau flackernden Flammen der Bunsenbrenner erleuchteten Saal, stand ein einsamer Student über einen Tisch gebeugt, ganz in seine Arbeit vertieft. Mit einem Freudenschrei – »Ich hab's gefunden! Ich hab's gefunden!« – lief er auf die näherkommenden Männer zu, ein Reagenzglas in der Hand; und dann fielen die schicksalsschweren Worte:

»Doktor Watson, Mister Sherlock Holmes.«

Rasch taxierten sie einander. Von Holmes bemerkte Watson:

> Seine Gestalt und Erscheinung allein genügten, die Aufmerksamkeit des oberflächlichsten Beobachters zu erregen. Er war mehr als sechs Fuß groß und so ungeheuer hager, daß er noch weit größer wirkte. Seine Augen waren scharf und durchdringend, außer in jenen Zwischenzeiten der Lähmung, die ich angedeutet habe, und seine schmale, falkenhafte Nase verlieh ihm insgesamt den Ausdruck der Wachsamkeit und Entschlossenheit. Auch sein Kinn hatte jene Prominenz und Wucht, die den entscheidungsfreudigen Mann kennzeichnen.

Viel später sollte Watson Holmes als »einen seltsamen, schlanken Vogel mit mattgrauem Gefieder und schwarzem Schopf« sehen. Seine Augen leuchten »mit stählernem Funkeln«, und häufig verzeichnet Watson ihre Farbe als »grau«. Einmal erscheint sein Antlitz Watson als »das einer scharfgeschnittenen klassischen Statue«; ein andermal trägt er »die vollkommen unbewegliche Miene eines Indianers«. Ein unvergeßliches, ein unvergessenes Gesicht . . .

Sie kannten sich noch kaum, da verblüffte Holmes Watson durch die Bemerkung, er sei offensichtlich in Afghanistan gewesen. Später beschrieb er seinen Gedankenzug so:

> Hier ist ein Gentleman der medizinischen Sparte, aber mit der Haltung eines Soldaten. Also offenbar ein Arzt der Armee. Er ist kürzlich aus den Tropen gekommen, denn

sein Gesicht ist dunkel, und das ist nicht seine normale Hautfarbe, seine Handgelenke sind nämlich hell. Er hat Mühsal und Krankheit durchgestanden, wie sein abgezehrtes Gesicht verrät. Sein linker Arm ist verletzt worden. Er hält ihn unnatürlich steif. Wo in den Tropen könnte ein englischer Armeearzt viel Mühsal erlebt haben und am Arm verwundet worden sein? Natürlich in Afghanistan.

Woanders spielt Holmes auf Watsons »bescheidenen Schnäuzer« an, was nach den bekanntesten Porträts freilich eine Unterschätzung zu sein scheint.

Vielleicht gerade durch ihre Verschiedenheit zueinander hingezogen, tauschten die beiden jungen Männer ihre Charaktere aus, verglichen ihre Gewohnheiten – Holmes setzte seine Launenhaftigkeit und seine Vorliebe fürs Violinespielen und chemische Experimente gegen Watsons Trägheit und unregelmäßige Zeiten und seinen Besitz einer jungen Bulldogge. (Mehr erfahren wir nicht von diesem Tier; wir können lediglich spekulieren, daß es der Staupe oder den Wechselfällen erlag, die das Leben in einem Privathotel am Strand, oder in 221B, mit sich bringt.) Die Partnerschaft wurde abgemacht, und schon am nächsten Abend zog Watson mit seinen Habseligkeiten in die erwählten Zimmer um; Holmes folgte ihm am Morgen darauf. Dies war der Beginn ihres Lebens in Baker Street 221B, London West One.

Watson merkte bald, daß Holmes in der Tat das Rätsel war, auf das Stamford angespielt hatte. (»Ich wette, er findet mehr über Sie heraus als Sie über ihn.«) Er war kein Medizinstudent; auf manchen Gebieten war sein Wissen enzyklopädisch, auf anderen bodenlos mangelhaft. Er schien keine persönlichen Freunde zu haben, empfing jedoch eine erstaunliche Vielfalt von Besuchern – ein junges Mädchen, einen alten jüdischen Hausierer, einen Dienstmann von der Eisenbahn – allein in dem einfachen Wohnzimmer. »Ich muß diesen Raum als Geschäftszimmer benutzen«, erklärte er dazu, »und diese Leute sind meine Klienten.« Wir sind davon überzeugt, daß Holmes mit jener unfehlbaren Höflichkeit und Rücksicht gegenüber Frauen, die bei seinem Umgang mit ihnen stets zutage tritt, Mrs. Hudson, seine Vermieterin und Wirtschafterin, ins Vertrauen zog, ehe er ihr diese heterogene Prozession treppauf treppab zumutete. Bevor er ihr gestattete, ihn als Mieter anzunehmen, wird er ihr frank und frei die Risiken und Beschwerlichkeiten vor Augen geführt haben, die dies mit sich brächte: den Lärm seiner Stradivari, die er mal trefflich, mal wie rasend spielte, je nach seiner Laune; seine schreckliche Schlampigkeit; das merkwürdige Ablagesystem, indem er seine unerledigte Korrespondenz mit einem Taschenmesser am Kaminsims zu befestigen pflegte; die Aufbewahrung der Zigarren im Kohlenkasten und des Tabaks vorne in seinen persischen Pantoffeln; seine unorthodoxen Stunden und Essenszeiten; und diese seltsamen Besucher.

Offensichtlich hatte Mrs. Hudson nichts dagegen. Eine mutmaßliche Witwe von respektablem Stand, mag sie durchaus jene Neigung zum Exotischen gehabt haben, die so viele Menschen hegen, die selber der Inbegriff des Konventionellen sind. Vielleicht war der verblichene Hudson es ein wenig gewesen, und sie vermißte ihn. Auf jeden Fall wissen wir von Watson, daß Mrs. Hudson einen gewaltigen Respekt vor Holmes hatte und niemals wagte, ihn zu stören, wie empörend auch immer seine Betätigungen sein mochten. Sie war ihm auch zugeneigt; zweifellos rief seine asketische Erscheinung sämtliche mütterlichen Regungen in ihr wach. Sie bekochte ihn gern und gut, da er, wie sie dachte, ohne sie vermutlich nie etwas essen würde, der arme Mann. »Der allerschlimmste Mieter in London« mag er in der Theorie gewesen sein, aber seine gutmütige Vermieterin hätte ihn in dieser Beschreibung nicht erkannt.

Am 4. März, als die beiden Männer sich behaglich eingerichtet hatten, stieß Watson beim Frühstück zufällig auf einen Zeitschriftenartikel, »Das Buch des Lebens«, in dem es darum ging, zu zeigen, wie ein aufmerksamer Mann durch genaue und systematische Untersuchung all dessen, was ihm über den Weg lief, an Erfahrung gewinnen könne. Watson hielt dies für eine merkwürdige Mixtur von Scharfsinn und Albernheit, und er sagte auch etwas derartiges zu Holmes, der gerade seinen Toast verspeiste. Ja, er verstieg sich gar dazu, den Artikel als Quatsch und horrenden

Blödsinn zu qualifizieren. Holmes schluckte zweifellos erst seinen Toast hinunter, ehe er ruhig verkündete, der Artikel stamme von ihm selbst, und so Watson erstmals seinen wahren Beruf enthüllte.

> Ich bin ein Beratender Detektiv, wenn Sie verstehen, was das ist. Hier in London haben wir jede Menge beamteter Detektive und etliche private. Wenn diese Leute nicht weiter wissen, kommen sie zu mir, und ich bringe sie auf die richtige Fährte. Sie legen mir alles Beweismaterial vor, und dank meines Wissens über die Geschichte des Verbrechens bin ich normalerweise in der Lage, ihnen weiterzuhelfen.

Bevor Watson diese Mitteilung – oder sein Frühstück – noch richtig verdauen konnte, ließen sich unten ein lautes Klopfen und eine tiefe Stimme vernehmen, und dann wurde durch die Hand eines pensionierten Marinesergeanten ein großer blauer Umschlag überbracht, der an Mr. Sherlock Holmes adressiert war. Er kam von Mr. Tobias Gregson, »dem schlausten Mann bei Scotland Yard«, wie Holmes feststellte; und er begann: »In der Nacht hat sich in 3, Lauriston Gardens, nahe der Brixton Road, etwas Übles ereignet . . .«

Man rief Holmes zu Hilfe. Sollte er gehen? Er war sich nicht sicher – wenn er ginge, würden Gregson, Lestrade & Co die Ehre einheimsen. Im Ganzen aber meinte er, er sollte gehen, und wenn auch nur, um sie auszulachen.

> »Nehmen Sie Ihren Hut.«
> »Wollen Sie, daß ich mitkomme?«
> »Ja, wenn Sie nichts Besseres zu tun haben.«

»Eine Minute später«, sagt Watson, »saßen wir beide in einer Droschke und rasten wie wild in Richtung Brixton Road.« Und damit war der Vorhang aufgezogen worden vor *Eine Studie in Scharlachrot.*

Für diejenigen, die die berühmten Fälle nachlesen wollen, haben wir sie und ihre Darsteller an einem anderen Ort zusammengefaßt. Hier beschäftigen uns allein der Detektiv und sein Chronist – denn diese Rolle fiel Watson zu; sein eigentlicher Beruf kam danach erst an zweiter Stelle. »Ohne meinen Boswell bin ich verloren!« ruft Holmes aus. »Sie sind die Sturmschwalbe des Verbrechens, Watson.« Und von sich selbst sagt Watson ein wenig pathetisch:

> Ich war ein Wetzstein seines Geistes. Ich stimulierte ihn. Er dachte gerne laut in meiner Gegenwart ... wenn ich ihn durch eine gewisse methodische Langsamkeit meiner Denkungsart aus der Fassung brachte, diente ihm diese Irritation lediglich dazu, seine flammengleichen Eingebungen und Ideen um so lebhafter und rascher aufflackern zu lassen.

Manchmal geriet Holmes durch Watsons trägen Geist aus der Fassung; manchmal lachte er ihn, wenn auch freundlich, aus. »Hervorragend, Watson! Eine Mischung aus Bienenfleiß und *Excelsior!*« Sie ergänzten einander freilich vollkommen, und obwohl Holmes sich beklagte, Watson stelle die Fälle viel zu romantisch dar, schmücke sie zu sehr aus, wenn er sie aufzeichne, muß er doch genau gewußt haben, daß sie ohne Watson eben nie aufgezeichnet worden wären. Und viele wurden es auch nie – vielleicht, weil nicht einmal Watson all seine Patienten ständig vernachlässigen konnte und die dem Menschen zugemessene Zeit zum Schreiben so begrenzt ist. »Irgendwo in den Gewölben der Bank Cox & Company am Charing Cross liegt ein vielgereister, abgeschabter blecherner Depeschenbehälter, auf dessen Deckel ... mein Name geschrieben steht.« sagt Watson. »Er ist mit Papieren vollgestopft, die fast alle von Problemen berichten, die Mr. Sherlock Holmes zu verschiedenen Zeiten zu untersuchen hatte.« Aus diversen Gründen, fügt er hinzu, wurden diese Fälle nicht publik gemacht. Wir fürchten, dies wird nun auch nie mehr geschehen, und der Verlust ist unser. Was geschah wirklich mit Mr. James Phillimore, der in sein Haus zurückging, um einen Schirm zu holen, und dann nie wieder gesehen wurde? Wie kam es dazu, daß Isadora Persano vollkommen verrückt vor einer Streichholzschachtel stand, die einen bemerkenswerten Wurm enthielt, der angeblich der Wissenschaft unbekannt war? Worin bestand das Abenteuer Ricolettis mit dem Klumpfuß und seiner Abscheulichen Frau? Und die Widerwärtige

Geschichte mit dem Roten Blutegel? Und der Fall Wilson, der Berüchtigte Kanarienvogelzüchter? Unser Appetit wurde angeregt, doch nie werden wir ihn stillen können.

Der Watsonschen Datierung der Fälle, wie er sie aufzeichnet, ist nicht immer zu trauen; seine Fakten stellen wir nicht allzusehr in Frage, doch seine Chronologie ist ohne Zweifel schwankend. Andere Kommentatoren haben die außerordentlichen Widersprüche in der Datierung, die den Sucher nach Watsons Wahrheiten so sehr bedrängen, erschöpfend analysiert. Dies paßt genau zu seiner erstaunlichen Verschwommenheit in anderen Belangen. Wo war denn nun wirklich die Schußwunde, die ihn an klammen und windigen Tagen plagte? »In einem meiner Glieder«, sagt er in *Der adlige Junggeselle* ausweichend. Im *Zeichen der Vier* pflegt er sein »verwundetes Bein. Vor einiger Zeit hatte ich da mal eine Musketenkugel drin . . .« Und »Was ich war? –: ein Heereschirurg mit einem schwachen Bein und einem noch schwächeren Bankkonto . . .« Im allerersten Bericht freilich, den er von sich abgibt, behauptet er: »Ich wurde an der *Schulter* von einer Jezailkugel getroffen, die den Knochen zerschmetterte und die Schlüsselbein-Arterie versehrte.« Sehr verwirrend. Wir sind zu dem Schluß gezwungen, daß Watson *zwei* (oder mehr) Kugeln im Verlauf des Afghanen-Feldzugs abbekommen und, tapferer Mann der er war, eine davon damals für nicht der Erwähnung wert gehalten hat.

Aber obwohl es keinen sicheren Beweis dafür gibt, welche Wunde ihm jene Pension eingebracht hat, die er zur Hälfte mit Rennwetten durchbrachte (so daß Holmes sein Scheckbuch für ihn unter Verschluß aufbewahren mußte), neigen wir der Annahme zu, daß die schwerere Verletzung an seinem Bein gewesen sein muß; denn hierfür spricht Holmes' unanfechtbares Zeugnis in dem Satz: »Sechs Meilen Humpeln für einen Offizier mit halbem Sold und beschädigter *tendo Achillis*.«

Holmes zufolge hatte Watson eine weitere Achillesferse: Frauen. »Nun, Watson«, sagt er scherzend, »das schöne Geschlecht fällt in *Ihr* Fach.« Und gar noch pointierter:

Bei Ihren natürlichen Vorzügen, Watson, ist jede Dame

ihre Helferin und Komplizin. Wie steht's mit dem Mädchen von der Post, oder der Frau des Gemüsehändlers? Ich kann Sie mir vorstellen, wie Sie der jungen Dame im ›Blauen Anker‹ lauter süße Narrheiten ins Ohr flüstern und dafür lauter bittere Wahrheiten von ihr zurückbekommen.

Doch war dies mehr als freundschaftlicher Spott? Wir bezweifeln es. Abgesehen von Watsons erstaunlicher Behauptung über seine tri-kontinentalen Erfahrungen mit Frauen, findet sich in seinen Geständnissen nichts, was diesen Ruf bestätigen würde, es sei denn, man wolle seine frühe Bemerkung zu Holmes im Zusammenhang mit seiner Trägheit und den unregelmäßigen Frühstückszeiten ernst nehmen: »Ich habe noch andere Laster, wenn ich mich wohl fühle; doch dies sind zur Zeit die hauptsächlichen.« Nein, nein, guter leichtfertiger Mann, er spielte nur auf seine Wett- und Spielleidenschaft an.

Die Art, in der dieser angebliche Casanova der Baker Street auf seine erste Begegnung mit Miss Mary Morstan reagierte, hat etwas entschieden Unerfahrenes, Naives und rührend Jugendliches. Die Heldin von *Das Zeichen der Vier* war eine hübsche kleine Blondine, die Holmes' Gemächer in einem Kostüm von schlichter Einfachheit betrat, das sacht auf ihre beschränkten Mittel hindeutete. Ihr kleiner grau-beiger Turban wurde »nur von einem Hauch einer weißen Feder an der einen Seite« belebt. Ihre Züge waren unregelmäßig, ihr Teint nicht umwerfend; doch ihr holdes, liebenswertes Gesicht und die großen blauen Augen veranlaßten den verblüfften Watson, sich auf seine berühmten Erfahrungen mit Frauen zu berufen und des weiteren zu behaupten, nie habe er in ein Gesicht geblickt, das deutlicher von einem vornehmen und empfindsamen Wesen gekündet habe. Er war erledigt, glatt durchgefallen. Es war Liebe auf den ersten Blick; eine ehrenwerte Liebe, die ihre Ansprüche zurückzog, als sich Miss Morstan als potentielle Erbin erwies. Es war die Liebe eines romantischen, einfachen und zutiefst ehrlichen Mannes, und überaus respektvoll. Als sie mit Holmes vor dem finstren Massiv von Pondicherry House standen, fanden ihre Hände, wie Watson später gestand,

> instinktiv zueinander. Seither habe ich mich darüber gewundert, doch damals schien es mir das Natürlichste von der Welt, zu ihr hinauszugehen; und, wie sie mir oftmals sagte, auch in ihr regte sich der Instinkt, sich um Trostes und Schutzes willen an mich zu wenden. So standen wir Hand in Hand, wie zwei Kinder ...

Auf der Fahrt nach Pondicherry Lodge war Watson so aufgewühlt, daß er bei seinen Versuchen, Miss Morstan mit einigen Erzählungen seiner Abenteuer in Afghanistan aufzuheitern und zu unterhalten, auch die bewegende Anekdote zum besten gab, wie einmal mitten in der Nacht eine Muskete in sein Zelt gelugt und er ein doppelläufiges Tigerjunges darauf abgefeuert habe. Er war in der Tat vollständig *bouleversé* vor Liebe, und es war ein freundliches Geschick, das den Agra-Schatz auf den Grund der Themse verbannte und Watson in die Lage versetzte, Marys unbemitgiftete kleine Hand fürs Leben zu nehmen.

Doch, ach!, nicht für ein langes Leben. Ihre kurze, glückliche Ehe sollte in wenig mehr als vier Jahren mit ihrem Tod ein Ende finden.

Aber dies steht noch an. Am zufriedenstellenden Schluß von *Das Zeichen der Vier* spricht Holmes einiges höchst Schmeichelhafte über Watsons zukünftige Frau, fügt jedoch hastig hinzu:

> ... Liebe ist etwas Gefühlsmäßiges, und alles Gefühlsmäßige ist jener kalten, wahren Vernunft entgegengesetzt, die ich über alles stelle. Ich selbst werde nie heiraten, um meine Urteilskraft nicht zu schwächen.

Und er streckte seine lange weiße Hand nach dem Kokainfläschchen aus, was Watson so rechtschaffen bedauerte.

Es überrascht nicht, daß Watson die unerschütterliche Überzeugung gewann, Holmes sei kalt, gefühllos, ein blutloser Fisch, der Frauen weder Zuneigung noch Vertrauen entgegenbrachte. »Schockierende« Bemerkungen wie die oben zitierte ließ er gern vom Stapel, teils, um den schlichten Watson in Harnisch zu bringen, teils, weil er sich offensichtlich zutiefst vor der Liebe und den Auswirkungen fürchtete, die sie auf die große Leidenschaft seines

Lebens haben könnte – die Kunst der Entlarvung. Wir glauben, daß er die Wahrheit sagte, als er sprach: »Ich habe nie geliebt, Watson.« Doch er fuhr fort, daß, wenn er eine Frau geliebt hätte, die wie Brenda Tregennis gestorben wäre (in *Des Teufels Fuß*), er sie so gerächt haben könnte, wie ihr Liebhaber es tat.

In seinen Fällen gibt es reichlich Beweise dafür, daß er Frauen mochte, ungezwungen und charmant mit ihnen umging, sie galant und freundlich behandelte und eine ganze Menge von ihnen verstand. Es kommt nicht ein einziges Mal vor, daß er eine Frau rüde oder grob behandelte. Selbst als Miss Violet Smith, die Einsame Radfahrerin, ihn in einem Augenblick unterbrach, da er in ein höchst abstruses und kompliziertes Problem vertieft war, hatte er ein erschöpftes Lächeln für sie übrig, bot ihr einen Platz an, und innerhalb weniger Minuten drehte er ihr Gesicht sanft zum Licht und sagte zu Watson, es sei durchgeistigt wie das einer Musikerin. Als die arme besorgte Mrs. Neville St. Clair in *The Cedars* auf Nachrichten von ihrem vermißten Ehemann wartete, fragte er Watson sinnend, was er dieser armen kleinen Frau heute abend wohl sagen soll, wenn sie ihm an der Tür begegnen wird. Schwerlich die Gedanken eines Frauenverächters.

Für die Vermieterin Mrs. Warren war er ein Wunderwirker, der Licht in das Dunkel eines ihrer Mieter gebracht hatte. Als sie zu Holmes kam, war sie selbst in Zweifel und Dunkel, geradezu hysterisch. Holmes

> legte der Frau seine langen, dünnen Finger auf die Schulter. Er hatte, wenn er wollte, eine nahezu hypnotisch beruhigende Ausstrahlung. Der verschreckte Blick schwand aus ihren Augen, und ihre gehetzten Züge nahmen wieder ihre alltägliche Glätte an.

Es war Holmes' einfühlendes Genie, das die schrecklich vernarbte Eugenia Ronder vor dem Selbstmord bewahrte. In leidenschaftlicher Aufrichtigkeit stritt er mit der stolzen schönen Violet de Merville, um sie dazu zu bringen, ihren lasterhaften Liebhaber aufzugeben; und er dachte von ihr, sagt er, »wie ich von meiner eigenen Tochter gedacht haben würde«. Und schließlich die be-

SMOKING

FIRST

SP

SP

rühmte Irene Adler – »für Holmes bleibt sie immer *die* Frau«, obwohl – nein, weil – sie ihn betrog und hinterging. Mit der prahlerischen Großmannssucht einer Shakespeareschen Heroine bediente sie sich eines Männerkostüms, um Holmes an seiner Tür zu narren, indem sie ihm in der Maske eines schlanken Jünglings im Ulstermantel ein freches Gutnacht zurief. Ihr Spottbrief an ihn am Schluß von *Ein Skandal in Böhmen* ist der Gruß einer großen Persönlichkeit an eine andere, an ihren ebenbürtigen Widersacher. Selbst der ziemlich wenig bewundernswerte König von Böhmen, der Holmes dazu benutzt hatte, jener Dame ein kompromittierendes Photo zu entlocken, mußte ausrufen: »Welch eine Frau – oh, welch eine Frau! . . . Hätte sie nicht eine prachtvolle Königin abgegeben? Ist es nicht ein Jammer, daß sie nicht von gleichem Niveau ist wie ich?«

> »Nach allem, was ich von der Dame gesehen habe, scheint sie wirklich von einem ganz anderen Niveau zu sein als Euer Majestät«, versetzte Holmes kalt.

Wir dürfen den Gedanken des Königs ein wenig weiterspinnen: Hätte sie nicht eine bewundernswerte Partnerin für Holmes abgegeben, sei es als Gattin, sei es in geschäftlichen Dingen? Er muß dies erkannt haben, denn ihm galt selbst ihr Photo mehr als Smaragde: es bekam einen ständigen Ehrenplatz auf seinem Kaminsims.

Weniger romantisch, doch ebenso bezeichnend für Holmes' Beziehung zum Sexus ist die Episode mit dem Hausmädchen aus Hampstead. Nachdem er erfolglos alles Erdenkliche unternommen hatte, um an Charles Augustus Milverton, den Erpresser, heranzukommen, kam Holmes die Idee, sich als kecken jungen Arbeiter mit Spitzbart und forschem Auftreten zu verkleiden und sich in dieser jupitergleichen Verwandlung mit Milvertons Hausmädchen Agatha zu verloben: ein Gambit, das Watson zu dem schockierten Ausruf nötigte: »Gütiger Himmel, Holmes!«

Holmes stellte sich als »Klempner mit aufstrebendem Geschäft, Escott mit Namen« vor, ging und sprach mit dem zugänglichen Mädchen, gewann ihr Herz und entlockte ihr nebenher ausreichend Informationen, um in Milvertons Haus einbrechen zu können. »Aber das Mädchen, Holmes?« protestierte Watson. Holmes zuckte die Achseln.

> Nichts zu machen, mein lieber Watson. Man muß seine Karten spielen, so gut man kann, wenn ein solcher Einsatz auf dem Tisch liegt. Ich freue mich jedoch, sagen zu können, daß ich einen verhaßten Rivalen habe, der mich gewiß in dem Moment, da ich den Rücken wende, ausstechen wird.

Dies ist das einzige Mal auf all den Seiten von Watsons Aufzeichnungen, daß Holmes sich einer Frau gegenüber unritterlich verhält. Immerhin geschah dies aus ritterlichem Anlaß, denn er handelte im Auftrag von Lady Eva Brackwell, »der schönsten Debütantin der letzten Saison«, deren Zukunft in den schmutzigen Händen Milvertons lag. Ohne jeden Zweifel wußte er, daß er Agatha nicht das Herz gebrochen hatte; doch wir meinen, es wird wohl mehr als nur ein wenig angeknackst gewesen sein. »Er besaß eine bemerkenswerte Freundlichkeit und Höflichkeit im Umgang mit Frauen«, sagt Watson einfältig.

Watsons Einfalt in bezug auf Holmes' Innenleben war wahrhaftig erstaunlich. Als Holmes sich ungewöhnlich gefühlsbetont bei Watson dafür entschuldigte, ihn den Gefahren der schrecklichen Dämpfe des Devil's Foot ausgesetzt zu haben, bemerkte er, nie zuvor habe er Holmes so tief in die Seele geschaut. Und in seiner Sorge um Watsons Wunde während des Falles *Die drei Garridebs* gewann der überraschte Watson »einen Einblick sowohl in ein großes Herz als auch in ein großes Hirn«. Obwohl er eine von Holmes' bezeichnendsten Bemerkungen notierte, übersah er das Licht, welches dieselbe auf den großen verborgenen Geist seines Freundes warf: »Sie schulden«, hatte Holmes streng zu Holder gesagt, »diesem edlen Mann, ihrem Sohn, eine sehr demütige Abbitte: er hat sich in dieser Angelegenheit so betragen, daß ich stolz wäre, meinen eigenen Sohn, *sollte ich jemals einen haben,* so handeln zu sehen.« Dies hat ein Pathos, das der von Watson porträtierte geborene Junggeselle nie geäußert haben würde.

Doch ist Watson in Anbetracht der anderweitigen Geschäfte, die ihn bedrängten, vieles zu verzeihen. 1887 heiratete er Mary Morstan; sie starb irgendwann zwischen 1891 und 1894. Wir wissen nicht, woran sie so jung gestorben ist (sie war Anfang dreißig). Vielleicht litt sie an der allzu verbreiteten Lungen-TB, denn ihre häufige Abwesenheit von zu Hause (»zu Besuch bei ihrer Tante« oder einfach »auf Besuch«) deuten auf langwierige Sanatoriumsaufenthalte hin. Woran auch immer sie gestorben sein mag, es war zu schmerzlich, als daß Watson es hätte aufzeichnen können.

Mary starb während Holmes' Abwesenheit von London, nach seinem vermeintlichen Tod in den furchtbaren Wasserfällen von Reichenbach, beim Endkampf mit seinem großen Feind Moriarty. Watson, doppelt beraubt, doch weiterhin mit der steifen Oberlippe des Soldaten und Gentleman, übte sowohl seinen Beruf weiter aus als auch sein Hobby, vorgetragene Verbrechen nach Holmes' Methoden zu lösen zu versuchen. Sein Leben muß sehr trist gewesen sein. Als Holmes in dem Abenteuer mit *Das leere Haus* in der Maske eines zerlumpten alten Büchersammlers auf wunderbare Weise wieder auftauchte, fiel Watson ebensosehr vor Freude wie vor Schrecken in Ohnmacht. Die Zimmer in Baker Street waren von Mycroft Holmes, der in das Geheimnis seines Überlebens eingeweiht war, instand gehalten worden. Mrs. Hudson, die arme Seele, war von Mycroft nicht ins Vertrauen gezogen worden, und bei der Auferstehung ihres seligen Mieters aus dem Grab bekam sie sehr natürlich einen heftigen hysterischen Anfall. So begann die große Partnerschaft in einer Atmosphäre allgemeiner Freude und Wiedervereinigung von neuem, wenn auch in modifizierter Form.

Kurz nach seiner Hochzeit war Watson aus Baker Street ausgezogen und hatte sich in Paddington nahe am Bahnhof eine Praxis gekauft. (Am Sale Place, bei der Praed Street, gibt es, oder gab es, ein bezauberndes kleines Haus, dessen Fassade von anmutig rankenden Reben verschönert war: oft haben wir uns dies als Watsons und Marys Zuhause vorgestellt.) Mit dem Aufschwung seiner Praxis schwächte sich seine Verbindung zu Holmes ab, und 1890, dem Jahr vor der Reichenbach-Affäre, verzeichnete er nur noch drei Holmessche Fälle. Er war stets bereit, seine Patienten seinen zuvorkommenden Nachbarn, den Drs. Anstruther und Jackson, zu überlassen, wenn sein geistiger Gebieter ihn rief, und Mary erhielt manch ein hingekritzeltes Zettelchen des Inhalts, ihr Gatte habe wieder einmal sein Schicksal mit dem von Holmes verbunden. Aber trotzdem muß Watson der Arztberuf lieb geworden sein. Wenn auch nie sehr phantasievoll, besaß er eine warmherzige und vertraueneinflößende Persönlichkeit, und was er wußte, das wußte er vermutlich auch gut. »Meine Praxis nimmt mich nie sehr in Anspruch«, hatte er in früheren Tagen gesagt; doch hatte sie mehr Einfluß über ihn gewonnen, als er merkte. Während Holmes' Abwesenheit hatte er sich eine kleine Praxis in Kensington genommen (die er später zu einem Spitzenpreis an einen jungen Arzt namens Verner verkaufte, der sich als ein Verwandter von Holmes herausstellte – tatsächlich hatte Holmes das Geld für den Handel anonym zur Verfügung gestellt.)

Um 1902 war Watson in eine Wohnung in Queen Anne Street, Höhe Harley Street, umgezogen – damals das beliebteste Ärzteviertel und ein beträchtlicher Aufstieg von seinem früheren Terrain. 1903, als er selbst die Geschichte vom *Bleichen Soldaten* erzählt, bemerkt Holmes, der gute Watson habe ihn im Januar dieses Jahres »wegen einer Frau verlassen; die einzige eigennützige Tat, deren ich mich in unserer Verbindung erinnere. Ich war allein.«

Dies kann sich nur auf eine zweite Ehe beziehen, die Watson etwa zehn Jahre nach dem Tod seiner ersten Frau geschlossen hat. Er selbst spielt nirgends darauf an; vielleicht, weil die zweite Mrs. Watson etwas dagegen hatte, in den Chroniken mitzuwirken. Wir wissen nichts über sie, doch findet sich an einer Stelle – womöglich gerade im Fehlen jeglicher Details – der Hinweis, daß sie ein nicht so sympathischer Charakter war wie Mary. Holmes hatte Watsons erste Ehe deswegen nicht als »eigennützig« betrachtet, weil Mary seiner Partnerschaft mit Watson nie im Wege gestanden hatte. Die Folgerung leuchtet ein.

Von früheren Biographen stammt die Vermutung, Mrs. Watson II sei Violet de Merville gewesen, jene kalte, durchgeistigte Schönheit, die Holmes vor einer katastrophalen Ehe mit dem abscheulichen Baron Gruner gerettet hatte. Schön mag sie ja gewesen sein, von jener »ätherischen, unirdischen Schönheit einer Fanatikerin, die mit ihren Gedanken im Himmel schwebte«; doch damit scheint es mit mit ihren Reizen auch schon zu Ende gewesen zu sein. Holmes vermerkt trocken, daß »sie uns in unsere Sessel winkte wie eine ehrwürdige Äbtissin, die zwei ziemlich lepröse Bettelmönche empfängt. Falls Ihr Kopf zum Anschwellen neigt, Watson, machen Sie eine Kur bei Miss Violet de Merville.«

Wir können uns nicht ernsthaft vorstellen, daß Watson seinem Ratschlag folgte. Ist Mary Morstan ein Maßstab für Watsons Geschmack, dann bevorzugte er Frauen, die wesentlich heimeliger waren als Miss de Merville. Auch dürfte sie selbst kaum dem schlichten, ehrbaren Arzt günstig gewesen sein. Wenn »jede Frau im Grunde ihres Herzens ein Wüstling ist«, wie Pope mutmaßte, folgt, daß die tugendhaftesten Frauen sich unwiderstehlich zu den schlimmsten Männern hingezogen fühlen müssen. Falls die scheußliche Sache mit Baron Gruner Violet de Merville keine Lektion erteilt hat, kann sie sich durchaus mit einem anderen Schurken eingelassen haben, den sie zuversichtlich zu bekehren hoffte; sonst aber könnte sie den Männern insgesamt abgeschworen und sich der schonungslosen Ausübung guter Werke verschrieben haben.

Zweimal verheiratet, mittleren Alters, in behaglichem Wohlstand und mit einer eigenständigen Arbeit, die ihn interessierte, gab Watson Holmes doch nie für immer auf. Jede Erwägung, die späteren Fälle seien von jemand anderem aufgezeichnet worden – einem Ghost-Watson im literarischen Sinne –, kann man fallenlassen. Wenn sie hinsichtlich ihrer Schärfe den früheren um einiges nachstehen, wird dies mit Blick auf Watsons neue Hauptbeschäftigung und eine mögliche Zunahme seiner Neigung zur verschwommenen Datierung verständlich. Bis 1903 sehen wir die beiden Freunde noch zusammen, obgleich nicht mehr unter einem Dach. Inzwischen muß sich ein tiefes Einvernehmen zwischen ihnen entwickelt haben. Holmes war gereift, war vielleicht, was das Leben betraf, weiser geworden. Watsons freundliche Fürsorge war für ihn von Nutzen gewesen: weder von Morphium noch von der siebenprozentigen Kokainlösung, die dereinst seine untätigen Zeiten aufgeheitert hatte, noch von Tagen, an denen er nicht aß, hören wir noch etwas. Die »eiserne Konstitution«, auf die Watson so oft bewundernd anspielte, begann nun, nach zwanzig Jahren dämonischer Handhabung durch ihren Herrn, Verschleißerscheinungen zu zeigen. Ruhe-Kuren in Cornwall und anderswo währten nie sehr lange, da sie stets von einem passend in der Nähe verübten Verbrechen unterbrochen wurden. Essen und Trinken, wofür er schon immer einen Kennergaumen gehabt hatte, scheinen Holmes in seinen späteren Jahren besonders wichtig gewesen zu sein. Im *Hund der Baskervilles* (1889) gab er sich, in seinem Versteck im Moor, noch mit einem Laib Brot und einem sauberen Kragen zufrieden, doch wurde das Gleichgewicht am Ende des Falles durch »ein kleines Nachtmahl bei Marcini« wiederhergestellt. In seinem letzten Watsonschen Fall, *The Creeping Man*, spielt er sehr angelegentlich auf das Inn »Chequers« in Camford an, wo »der Portwein über dem Mittelmaß, und das Linnen über jeden Tadel erhaben zu sein pflegte«. In seinem letzten Fall überhaupt, *His Last Bow,* findet sich die glühende Huldigung an den Kaiserlichen Tokaier – diesen »bemerkenswerten Wein« aus Franz Josephs Spezialkeller in Schloß Schönbrunn. (»Würde es Ihnen etwas ausmachen, das Fenster zu öffnen? Chloroformdünste sind nämlich dem Gaumen alles andere als hilfreich.«) Und wir notieren, daß Holmes, nachdem er den Schauplatz von Von Borks Verhaftung verlassen hat, in seinen Londoner Stützpunkt zurückkehrt – »Claridge's Hotel«.

Es war zu der Zeit der *Creeping-Man*-Affäre, als Holmes sich vor Wut über sich selbst, daß er die Bedeutung der schwieligen Hände Professor Presburys nicht früher erkannt hatte, an den Kopf faßte und rief:

> Oh Watson, Watson, was für ein Narr ich war! . . . Alles wies in eine Richtung. Wie konnte ich den Zusammenhang der Ideen verkennen? Diese Knöchel – wie konnte ich nur über diese Knöchel hinwegsehen? Und der Hund! Und der Efeu! Es ist wahrhaftig an der Zeit, daß ich mich in die kleine Farm meiner Träume zurückziehe.

Am Ende desselben Jahres hatte er dies getan. Zu Beginn des

Falles mit *The Lion's Mane* (von ihm selbst berichtet) finden wir ihn in

> meinem kleinen Haus in Sussex; ich hatte mich vollständig jenem besänftigenden Leben in der Natur hingegeben, nach dem ich mich in den langen Jahren in der Tristesse Londons so oft gesehnt hatte. In diesem Abschnitt meines Lebens war der gute Watson fast ganz aus meinem Gesichtskreis getreten. Ein gelegentlicher Wochenendbesuch war das äußerste, was ich noch von ihm zu sehen bekam.

Bei diesem Haus von Holmes handelte es sich um eine Villa mit großartiger Aussicht auf den Kanal, nahe der kleinen Bucht, an der das Dorf Fulworth liegt. Umsorgt von seiner alten Wirtschafterin – wahrscheinlich, aber nicht sicher, Mrs. Hudson –, züchtete er hier Bienen und arbeitete am »*magnum opus* meiner letzten Jahre«: einem *Praktischen Handbuch der Bienenpflege, nebst einigen Bemerkungen zur Segregation der Königin.* Hierbei verbrachte er »gedankenvolle Nächte und arbeitsreiche Tage«, beobachtete »die kleinen Arbeiterscharen, wie ich früher die kriminelle Welt Londons beobachtet hatte«. Er war weich genug geworden, um von der liebreizenden Miss Maud Bellamy aus Fulworth folgendes zu sagen:

> Wer hätte gedacht, daß eine so seltene Blume aus solchen Wurzeln und solcher Atmosphäre wüchse? . . . Ich vermochte ihr vollkommenes, rein geschnittenes Gesicht mit all der sanften Frische der Downlands in seiner zarten Tönung nicht anzusehen, ohne zu denken, daß wohl kein junger Mann ihren Pfad unversehrt würde kreuzen können.

Und wohl auch kein alternder. Wir haben immer gespürt, daß es Holmes' Wirtschafterin nahegegangen sein muß, daß sich in seiner Nachbarschaft keine charmante Witwe oder Bauernschwester von etwas reiferen Jahren als Miss Bellamy befand.

Die Landjunker von Sussex hatten sich wieder in ihm behauptet; die Vernets, deren Kunst im Blut ihres Nachfahren eine so merkwürdige Form angenommen hatte, waren wieder in die Schatten zurückgetreten.

Nur ein einziges Mal noch verließ Holmes seinen ländlichen Zufluchtsort, um sich dem alten erregenden Spiel zu widmen. Dies geschah 1912. Höchstpersönlich ersuchten der englische Premier und Außenminister den im Ruhestand lebenden Meister, sich auf die Spur des schwer faßbaren deutschen Spions Von Bork zu begeben. Er brauchte zwei Jahre, vornehmlich in Amerika, ehe es ihm gelang, sich in Von Borks englischen Haushalt einzuschleichen – in der Maske eines irisch-amerikanischen Motor-Experten namens Altamont, einer Uncle-Samhaften Gestalt – begleitet von seinem Chauffeur, einem schwergewichtigen älteren Manne mit grauem Schnäuzer.

Ja, es war Watson – »der einzige Fixpunkt in einer sich wandelnden Zeit«. Gemeinsam triumphierten sie über Von Bork, schwelgten in Franz Josephs Kaiserlichem Tokaier und blickten auf die vom Mond beleuchtete See hinaus, indes Holmes das Aufkommen eines Ostwindes prophezeite: »ein Sturm, wie noch nie einer über England gewütet hat. Er wird kalt und bitter sein, Watson, und recht viele von uns werden in seinem Hauche welken.«

Wir können uns nicht vorstellen, daß Holmes oder Watson darin gewelkt sind. Weder Ostwind noch Alter können sie welken lassen, ob sie gleich nun in ihr zweites Jahrhundert eingehen. Da sie unsterblich sind, besteht keine eigentliche Notwendigkeit, allzu genau nach ihren Grabschriften zu suchen; doch sollten sie aus irgendeinem akademischen Grund gesucht werden –: Holmes selbst hat sie geschrieben. Von sich:

Ich denke, Watson, ich darf so weit gehen,
zu behaupten, Watson,
daß ich nicht ganz umsonst gelebt habe. Würde
meine Akte heute nacht geschlossen, könnte
ich sie noch immer mit Gleichmut beschauen.
Die Londoner Luft ist meiner Gegenwart holder:
Ich wüßte nicht, daß ich in über tausend
Fällen auch nur ein einziges Mal meine
Kräfte für die falsche Seite
eingesetzt hätte.

Und von seinem treuen Freund, Verbündeten und Chronisten:

Watson,
Sie übertreffen sich selbst.
Ich muß sagen, daß Sie in allem, was Sie freundlicherweise
von meinen geringen Leistungen berichteten,
Ihre eigenen Fähigkeiten stets unter den Scheffel
gestellt haben.
Mag sein, daß Sie keine Leuchte sind, doch Sie leiten
das Licht.

Kleine Conan Doyle Chronik

von Zeus Weinstein

SIR ARTHUR CONAN DOYLE

1859
Am 22. Mai wird Arthur Conan Doyle in Edinburgh als zweites Kind von Charles Doyle und Mary Foley geboren.

1870
Der junge Doyle besucht die von Jesuiten geführte public school in Stonyhurst (Lancashire), zeichnet sich beim Kricketspiel aus und zeigt bereits schriftstellerisches Talent.

1875
Nach bestandener Abschlußprüfung verbringt er ein Jahr im Jesuitengymnasium Feldkirch (Österreich), um sein Deutsch zu verbessern.

1876
Doyle entscheidet sich, Arzt zu werden, und nimmt das Medizinstudium in Edinburgh auf. Dort trifft er auf Dr. Joseph Bell, dessen Gestalt Vorbild für Sherlock Holmes wird.

1879
Doyle veröffentlicht anonym die ersten Kurzgeschichten, darunter die Novelle *The Mystery of Sasassa Valley*, die im Oktober in ›Chambers' Journal‹ erscheint.

Zu Doyles Lektüre zählen die Novellen von Edgar Allan Poe, Robert Louis Stevenson, Wilkie Collins und Emile Gaboriau. Poes genialer Analytiker, Auguste Dupin, der wie Dr. Joseph Bell in natura auf Grund präziser Beobachtungen seine Schlüsse zieht, ist das literarische Modell für Sherlock Holmes. Und von Eugène Francois Vidocq, einem einstigen Kriminellen, der später der erste Chef der Sûreté wurde (1811), wird Holmes die Kunst der Maskierung erlernen.

1880
Doyle heuert als Schiffsarzt auf einem Walfischfänger an und geht für sieben Monate auf Fahrt in die Arktis. Sein Interesse für Spiritismus und Parapsychologie macht sich bemerkbar.

1881
Doyle erhält sein Diplom als Arzt und unternimmt eine zweite Reise als Schiffsarzt, diesmal nach West-Afrika. Dort rafft ihn beinahe die Malaria dahin.

1882
Doyle erklärt seiner konsternierten Familie, daß er den Glauben an die katholische Kirche verloren habe, geht nach Plymouth und tritt als Partner in die Praxis eines früheren Kommilitonen, Dr. Budd, ein. Bald hat Doyle die Nase voll von dessen seltsamen, unorthodoxen Methoden und eröffnet seine eigene Praxis in Southsea, einem Vorort von Ports-

mouth. Er hat nicht viel zu tun und schreibt nebenher.

1883
Das renommierte ›Cornhill Magazine‹ bringt eine short-story von Doyle, die auf dem Geheimnis des Seglers ›Marie Celeste‹ basiert.

1884
Er beginnt mit der Arbeit an einem Roman, *The Firm of Girdlestone*.

1885
Doyle heiratet Louise Hawkins, die Schwester eines Patienten. Er schließt seine Dissertation ab und erhält den Doktortitel.

1886
Dolye fängt im März einen neuen Roman an und beendet ihn Ende April. Er heißt anfangs *A Tangled Skein,* erhält bald jedoch einen neuen Namen: *A Study in Scarlet.* Es ist die Geburtsstunde von Sherlock Holmes – und von Dr. John H. Watson. Doyle entleiht sich den Nachnamen von seinem Freund Dr. James Watson aus Southsea, der aber nicht das Vorbild für Doyles Figur abgibt. Das Vorbild ist ein anderer Gefährte aus Southsea, ein Major Alfred Herbert Wood. Er wird später für viele Jahre Doyles Sekretär und »Watson«.

Verschiedene Verlage lehnen das Manuskript ab. Im September erwirbt es der Verlag Ward, Lock and Company für 25 Pfund und veröffentlicht den Roman ein gutes Jahr danach . . .

1887
. . . in ›Beeton's Christmas Annual‹.

1889
Doyles Tochter Mary Louise wird geboren; der historische Roman, *Micah Clarke* erscheint. Der zweite Sherlock-Holmes-Roman *The Sign of the Four*, im September abgeschlossen, ist eine Auftragsarbeit des Herausgebers von ›Lippincott's Magazine‹ in Philadelphia. Begegnung mit Oscar Wilde, der ebenfalls für ›Lippincott's Magazine‹ schreiben will: *The Picture of Dorian Gray.*

1890
The Sign of the Four, oder *The Problem of the Sholtos* erscheint gleichzeitig in Amerika und England in der Februar-Ausgabe von ›Lippincott's Magazine‹; im Oktober als Buch. »Dr. Doyles Bewunderer werden den kleinen Band gierig durchlesen«, schreibt die Zeitschrift ›Athenäum‹ in einer Kritik, ohne den Namen Sherlock Holmes zu erwähnen. Und weiter: »Aber sie werden ihn bestimmt kein zweites Mal aufschlagen.«

Doyle besucht Berlin, um Robert Kochs Heilmittel gegen Tuberkulose zu prüfen. Ein weiterer historischer Roman *The White Company* erscheint.

1891
Doyle gibt seine Praxis in Southsea auf und reist mit Louise nach Wien, um neue Methoden der Augenchirurgie zu studieren. Er spielt mit dem Gedanken, sich auf dieses Fach zu spezialisieren. Der Plan fällt ins Was-

DR. JOSEPH BELL, VORBILD FÜR SHERLOCK HOLMES

MAJOR WOOD, VORBILD FÜR DR. WATSON

ser, und Doyle schreibt *The Doings of Raffles Haw*. Wieder in England, eröffnet er erst eine Praxis in London am Devonshire Place, hängt dann aber kurz entschlossen den Arztberuf an den Nagel und widmet sich ausschließlich der Schriftstellerei. Zwischen April und August entstehen sechs Sherlock-Holmes-Geschichten, die sofort von dem neugegründeten ›Strand Magazine‹ für 35 Pfund pro Stück angekauft und abgedruckt werden – die erste, *A Scandal in Bohemia*, erscheint in der Juli-Ausgabe. Dem ›Strand Magazine‹ und seinen Verlegern hält Doyle bis zu seinem Lebensende die Treue. Die Serie macht ihn als Schriftsteller berühmt und verhilft der Zeitschrift zum Erfolg. Doyle hat eigentlich geplant, lediglich diese sechs Sherlock-Holmes-Stories zu verfassen, doch die Verantwortlichen des ›Strand Magazine‹ verlangen nach mehr und akzeptieren ohne zu zögern das Honorar von 50 Pfund pro Geschichte. Im November, in einem Brief an seine Mutter, listet Doyle die Titel von fünf neuen Stories auf und fügt hinzu: »Ich denke daran, Holmes in der sechsten zu erschlagen, um ein für allemal Schluß mit ihm zu machen. Er hält meinen Geist von besseren Dingen ab.« Doyle meint damit selbstredend seine historischen Romane, auf die er ganz besondere Sorgfalt verwendet hat, bestimmt mehr als auf die Abenteuer seines gefeierten Detektivs.

1892
Das ›Strand Magazine‹ druckt Monat für Monat mit riesigem Erfolg die Holmes-Serie ab. Im Februar überredet der Verleger seinen Autor, eine neue zu entwerfen. In der sicheren Annahme, einen negativen Bescheid zu bekommen, verlangt Doyle für ein Dutzend Erzählungen tausend Pfund – das Honorar wird bewilligt. Ende Juni hat er drei der Stories beendet und ist guter Hoffnung, genügend plots für die restlichen in der Schublade zu haben.

Die Doyles unternehmen mit dem Schriftstellerkollegen Jerome K. Jerome eine Reise nach Norwegen. Doyle lernt dort den Skisport kennen, den er bald darauf in einem anderen Land propagiert – in der Schweiz. Doyles Sohn Kingsley wird geboren.

1893
Doyles Vater stirbt. Louise erkrankt an Tuberkulose. Doyle fährt mit seiner Frau zur Kur in die Schweiz. Er besucht die Reichenbach-Fälle bei Meiringen und weiß jetzt, wo und wie er seinen ihm unbequemen Helden aus dem Weg räumen kann. Gemütvoll vermerkt Doyle im Dezember in seinem Tagebuch: »Killed Holmes.« Und im Dezember verbreitet das ›Strand Magazine‹ in der letzten Story der Serie, in *The Final Problem*, die schreckliche Kunde: Holmes weilt nicht mehr unter den Lebenden! Er stürzte im tödlichen Clinch mit seinem Erzfeind, Professor Moriarty, in den donnernden Schlund der Reichenbach-Fälle. Die Öffentlichkeit ist erschüttert. Schwarze Trauerbänder werden in der City gesichtet. Die auf-

gebrachte Leserschaft bombardiert die Redaktion des Magazins und den Autor mit wütenden Briefen; ein Schreiben beginnt mit den Worten: »You beast!« Doch Doyle atmet auf.

1894

Eine Vorlesungstournee durch die Vereinigten Staaten verläuft erfolgreich. Premiere von Doyles Theaterstück *Waterloo* in London.

1895

Doyle baut ein Haus in Hindhead, Surrey, in der Hoffnung, daß die Landluft Louise helfen wird. Im Winter fährt er mit ihr nach Ägypten.

Doyles autobiographischer Roman *The Stark Munro Letters* erscheint. Und im ›Strand Magazine‹ die erste Folge von *The Exploits of Brigadier Gerard*. Brigadier Gerard ist ein tollkühner Offizier in Napoleons Armee.

1896

Die Doyles reisen den Nil aufwärts in den Sudan, der später den Hintergrund für Doyles Roman *The Tragedy of the Korosko* (1898) abgeben wird. Zwischen Briten und Derwischen brechen Kämpfe aus, und Doyle fungiert vorübergehend als Kriegsberichterstatter für ›The Westminster Gazette‹.

Der Roman über einen Faustkämpfer aus der Frühzeit des Boxsports, *Rodney Stone*, erscheint. Doyles Vorliebe für Sport und Spiele zeigt sich vergleichsweise selten in seinen Schriften. Er schreibt wenig über Fußball und das Kricketspiel, das er so meisterhaft beherrscht, nichts über Billiard oder Golf. Neben diesem Roman hat er noch einige Geschichten geschrieben, bei denen es um den Faustkampf geht; eine längere, The *Croxley Master*, besticht durch ihre anschauliche und eindringliche Sprache.

1897

Doyle lernt Jean Leckie kennen; sie wird später seine zweite Frau.

Uncle Bernac, ein Roman, der zur Zeit der französischen Revolution spielt, erscheint.

1899

Der zweite Buren-Krieg bricht aus. Doyle meldet sich zur Armee, wird aber nicht angenommen.

Der Doyle-untypische Roman *Duet With an Occasional Chorus* erscheint.

Am 12. Juni Vorpremiere des Theaterstücks *Sherlock Holmes* im Duke of York's Theatre in London, mit William Gillette in der Titelrolle. Der Schauspieler hat das Stück auch geschrieben. Die Uraufführung in den USA findet im Star Theatre in Buffalo am 23. Oktober statt; am 6. November kommt es nach New York, am 9. September des folgenden Jahres wieder nach London in das Lyceum Theatre.

1900

Doyle geht freiwillig nach Südafrika und arbeitet als Arzt unter schwierigsten Umständen in einem Militärlazarett. Er kehrt im Juli nach England zurück und schreibt *The Great Boer War*.

Er läßt sich in Edinburgh als Kandidat für die Parlamentswahlen aufstellen und verliert knapp.

1901
In Erwiderung heftiger Angriffe der internationalen Presse über angebliche Kriegsverbrechen der Briten im Burenkrieg verfaßt Doyle im Eiltempo das Buch: *The War in South Africa: Its Cause and Conduct*. Die ersten dreihunderttausend Exemplare sind in sechs Wochen verkauft. Doyle nimmt keinen Penny für seine Arbeit.

Im August bietet das ›Strand Magazine‹ seinen Lesern eine Sensation. Der erste Teil von *The Hound of the Baskervilles* präsentiert aufs neue den Meisterdetektiv – allerdings in einem Fall, der vor seinem Tod datiert ist. Der Roman läuft in Fortsetzungen bis April nächsten Jahres. Die Idee für den Stoff erhielt Doyle von seinem Freund Fletcher Robinson, der auch mit ihm die Schauplätze der Handlung besichtigt hat und maßgeblich an der Ausarbeitung des Romans beteiligt ist.

1902
Doyle wird am 9. August von König Edward VII. geadelt.

1903
Im Frühjahr macht die amerikanische Zeitschrift ›Collier's Weekly‹ Doyle ein Angebot: Fünfundzwanzigtausend Dollar für sechs Sherlock-Holmes-Stories, dreißigtausend für acht oder fünfundvierzigtausend für dreizehn. Doyle antwortet per Postkarte: »Very well, A.C.D.« Vom ›Strand Magazine‹ wird ihm zusätzlich eine enorme Summe offeriert. In *The Empty House*, der ersten der dreizehn Erzählungen, taucht Holmes wie ein Kastenteufelchen aus dem Reichenbach-Abgrund auf, und Watson fällt in Ohnmacht.

Außerdem erscheint im ›Strand Magazine‹ die erste Geschichte einer neuen Reihe von Abenteuern des *Brigadier Gerard*.

1904
Ein amerikanischer Journalist befragt Doyle, wie wohl Sherlock Holmes den Whitechapel-Mörder, Jack The Ripper, zur Strecke gebracht hätte. Doyles Antwort, die Holmes sicherlich nicht befriedigt hätte, erfolgt in einem Zeitungsartikel in der ›Portsmouth Evening News‹ vom 4. Juli.

Am 17. Juli tritt Doyle in den »Crimes Club« ein ...

1905
... und inspiziert am 19. April mit mehreren Mitgliedern des Clubs und drei versierten Polizeidetektiven die verschiedenen Schauplätze des Ripper-Verbrechens. Ohne jedes Resultat, verständlicherweise.

Inzwischen ist Anfang des Jahres die bisher letzte Sherlock-Holmes-Story, *The Adventure of the Second Stain*, erschienen. Doyle hatte darauf seinen Helden in den Ruhestand nach Sussex geschickt; dort muß er Bienen züchten.

1906
Doyle schafft es wieder nicht, ins Par-

lament zu kommen. Er nimmt sich des Falles eines Mannes namens George Edalji an, der offensichtlich unschuldig zu sieben Jahren Zuchthaus verurteilt worden ist; Doyle setzt sich vehement für die Reform der strengen Scheidungsgesetzgebung ein.

Louise Doyle stirbt. Der Ritter-Roman *Sir Nigel* erscheint.

1907

Am 11. Januar druckt der ›Daily Telegraph‹ den ersten Teil eines von Doyle zusammengestellten Dossiers ab, das auch seine eigenen Nachforschungen und Schlußfolgerungen in Sachen George Edalji enthält. Die Deduktionen sind eines Sherlock Holmes würdig. Punkt für Punkt legt Doyle die Verfolgung und Verurteilung des jungen Mannes als ein Äquivalent zum Dreyfus-Skandal dar und führt stichhaltige Beweise an. George Edalji wird aus der Haft entlassen.

Conan Doyle heiratet Jean Leckie.

Through the Magic Door, eine autobiographische Arbeit, in der Doyle unter anderem auch Edgar Allan Poe würdigt, erscheint.

1909

Doyle prangert in dem Buch *The Crime of the Congo* die Grausamkeiten an, die von den Verantwortlichen der Handelsgesellschaften in Belgisch-Kongo an den Eingeborenen verübt werden.

Doyles Sohn Denis wird geboren.

1910

Doyle beschäftigt sich intensiv mit dem Fall eines deutschen Juden namens Oscar Slater, der in Schottland des Mordes angeklagt worden ist. Doyle kämpft siebzehn Jahre für diesen Mann; Slater wird 1927 freigelassen.

Doyles Sohn Adrian wird geboren.

1911

Doyle nimmt am Autorennen Prince Henry's Tour teil. Gemeint ist Prinz Heinrich von Preußen; das Deutsch-Britische Rennen startet in Deutschland und endet in London. Die Briten gewinnen. Doyle fährt einen Dietrich-Lorraine (zwanzig Pferdestärken) mit seiner Frau Jean als Beifahrer.

1912

Doyle veröffentlicht *The Case of Oscar Slater*.

Eine neue Romanfigur, der skurrile Wissenschaftler Professor Challenger, wird in Doyles Science-fiction-Erzählung *The Lost World* eingeführt.

Doyle und George Bernard Shaw duellieren sich in der Presse. Shaw hatte sich mißbilligend und ironisch über gewisse Berichte geäußert, die bombastisch das heldenhafte Verhalten der Passagiere und Mannschaften an Bord der sinkenden Titanic feierten. Doyle protestiert energisch gegen eine Verunglimpfung der Toten und Überlebenden der Katastrophe.

Doyles Tochter Lena Jean wird geboren.

1913

Im Februar publiziert die ›Fortnightly Review‹ einen Artikel von Doyle:

CONAN DOYLE IN SOUTHSEA, AN DER ARBEIT
AM ROMAN »EINE STUDIE IN SCHARLACHROT«

UM DIE JAHRHUNDERTWENDE

BEIM 6. ROYAL SUSSEX VOLUNTEER REGIMENT, 1914

ALS RENNFAHRER, 1911

AN DER ITALIENISCHEN FRONT, 1916

DIE FAMILIE DOYLE AUF DER FAHRT NACH AMERIKA, 1923:
DENIS (L.), LADY CONAN DOYLE, JEAN, CONAN DOYLE, ADRIEN (R.)

JEAN CONAN DOYLE, 1910

Great Britain and the Next War. Doyle warnt: »Ein Gefahrenelement besteht in den neuen Kategorien der Seekriegsführung, die bisher noch nie von kompetenten Leuten geprüft worden sind und die alle bisherigen Bedingungen vollkommen revolutionieren werden. Diese neuen Faktoren sind das Unterseeboot und das Luftschiff.«

The Poison Belt, eine weitere Professor-Challenger-Geschichte, erscheint.

1914
Im Juli – einen Monat vor Ausbruch des Ersten Weltkriegs – macht Doyles Erzählung *Danger!* von sich reden. Er beschreibt eine moderne Seekriegsführung mittels Unterseebooten, die Frachter versenken und die wiederum von Unterseebootfallen und Flugmaschinen angegriffen werden. Der Verleger der Erzählung holt die Meinung von Experten ein. Hier zwei von vielen Stimmen höherer Marineoffiziere: »Ich glaube nicht, daß irgendeine zivilisierte Nation unbewaffnete Handelsschiffe torpedieren wird.« – »Klingt überaus unwahrscheinlich, mehr nach einer von Jules Vernes Geschichten . . .«

Bei Kriegsausbruch stellt Doyle in Sussex eine lokale Hilfstruppe auf, ein Vorläufer der Home Guard des Zweiten Weltkriegs. Er selber dient als Gemeiner in dieser Truppe. Er schreibt das Pamphlet: *To Arms!*

1915
Doyle beginnt mit der Arbeit an der *History of The British Campaign in France and Flanders* und schließt das Werk von sechs Bänden 1920 ab. Ein neuer Sherlock-Holmes-Roman *The Valley of Fear* erfreut die Leserschaft.

Doyle organisiert die Massenproduktion von aufblasbaren »Schwimm-Kragen« für alle Männer der Königlichen Marine. Er setzt sich dafür ein, daß genügend Schwimmwesten und mehr Rettungs-Faltboote zur Verfügung stehen. Er konstatiert: Die französischen Soldaten sind mit Stahlhelmen ausgerüstet. Warum nicht die britischen? Die Oberste Heeresleitung begrüßt den Vorschlag. Und: Die Ritter des Mittelalters wurden durch ihre Rüstungen geschützt. Warum sollte der Soldat von heute keine kugelsichere Kleidung tragen? Niemand anderes als Winston Churchill stimmt zu und sagt, daß ein kugelsicherer Mann und ein torpedosicheres Schiff zwei erstrebenswerte Ziele seien. Dann entwirft Doyle fieberhaft Schutzschilde für die Front, und sein Garten hallt wider von den Probeschüssen, die gegen Panzerplatten verschiedener Metallsorten abgefeuert werden. Die Schilde reüssieren nicht.

1916
Im Deutschen Reichstag heißt es: »Die Deutschen können der Britischen Admiralität dankbar dafür sein, daß sie die Warnung von Sir Arthur Conan Doyle vor einem U-Boot-Krieg in den Wind geschlagen hat.«

Doyle besucht die britische, die französische und die italienische Front.

Er setzt sich für die Begnadigung des Iren Sir Roger Casement ein, der des Hochverrats angeklagt ist, da er angeblich auf Veranlassung der Deutschen einen Aufstand gegen die britische Herrschaft in Irland entfachen sollte. Doyle plädiert vergebens. Casement wird – zu Recht oder Unrecht – am 3. August gehängt.

Ende des Jahres bekennt Doyle sich zum Spiritismus in dem dafür zuständigen Magazin ›Light‹.

1917

His Last Bow, eine Sherlock-Holmes-Story, erscheint in der Septemberausgabe des ›Strand Magazine‹. Sie beinhaltet, chronologisch gesehen, Holmes' letzes Abenteuer. Auch er leistet bei Kriegsausbruch seinem Vaterland einen wichtigen Dienst, indem er einen deutschen Agenten schnappt. Am Schluß der Erzählung läßt Doyle seinen Helden die prophetischen Worte sprechen: »Es kommt Ostwind auf, ein Sturm, wie noch nie einer über England gewütet hat. Es wird kalt und bitter werden, Watson, und recht viele von uns ... werden in seinem Hauche welken ...«

1918

Doyles Sohn Kingsley stirbt an Lungenentzündung, nachdem er an der Somme verwundet worden ist.

Doyles erstes Buch über Spiritismus, *The New Revelation*, erscheint.

1919

Doyles jüngerer Bruder Innes stirbt ebenfalls an Lungenentzündung.

Ein weiteres Buch über Spiritismus, *The Vital Message*, erscheint.

1920

Doyle reist mit seiner Familie nach Australien, um dort den Spiritismus zu predigen.

1921

Doyles Mutter stirbt. Jean Conan Doyle entdeckt ihre medialen Fähigkeiten.

Doyles *The Wanderings of a Spiritualist* erscheint.

1922

Vorlesungstournee durch die Vereinigten Staaten von Amerika in Sachen Spiritismus.

Aus Nordengland berichten zwei junge Mädchen von leibhaftigen Feen und Gnomen, die sich in ihrem Garten tummeln, und belegen deren erstaunliche Existenz durch selten albern getürkte Photographien. Doyle ist so begeistert, daß er ein Buch schreibt: *The Coming of the Fairies.*

Ein arabischer Kontaktgeist namens Pheneas taucht aus dem Jenseits bei den Doyles auf und stellt bei den Familienseancen Sprechverbindung mit Verstorbenen her, unter anderem mit Kingsley und Innes.

1923

Familie Doyle bereist wieder die Vereinigten Staaten und dann Kanada. *Our American Adventure* erscheint.

1924

Our Second American Adventure und die

EUGÈNE FRANÇOIS VIDOCQ, ERSTER CHEF DER SÛRETÉ

OSCAR SLATER, OPFER EINES JUSTIZIRRTUMS, 1909

autobiographischen *Memories and Adventures* erscheinen.

1925
Doyle führt bei dem Internationalen Spiritisten-Kongress in Paris den Vorsitz.

1926
Doyle veröffentlicht die zweibändige *History of Spiritualism* und ein *Professor Challenger*-Abenteuer mit spiritistischem Einschlag.

1927
Der wegen Mordes verurteilte Oscar Slater, für dessen Freilassung Doyle all die Jahre auf die Barrikaden gegangen ist, wird endlich begnadigt.

Die letzte Holmes-Story, *The Adventure of Shoscombe Old Place* wird in der Aprilausgabe des guten alten ›Strand Magazine‹ abgedruckt; *The Case-Book of Sherlock Holmes* erscheint.

Und *Pheneas Speaks* ein Band mit Botschaften aus dem Jenseits.

1928
Die Doyles besuchen Südafrika, Kenya und Rhodesien.

1929
Doyle reist nach Skandinavien und Holland, kehrt körperlich schwer angegriffen zurück und erleidet einen Herzanfall. Trotzdem hält er noch einen vorgesehenen Termin ein und spricht auf einer Veranstaltung. Daraufhin kann er sein Zimmer für Wochen nicht mehr verlassen.

Our African Winter und *The Maracot Deep,* eine Science-fiction-Erzählung, erscheinen.

1930
The Edge of Unknown wird publiziert.

His Master's Voice: »Was Sherlock Holmes betrifft, so war ich ein junger Arzt, als ich ihn ersann, und ich hatte gerade eine sehr strenge und kritische medizinische Gedankenschulung erfahren – in der Hauptsache unter dem Einfluß von Dr. Joseph Bell aus Edinburgh, der eine höchst bemerkenswerte Beobachtungsgabe besaß. Er glänzte stets damit, daß er auf den ersten Blick bei einem Patienten nicht nur dessen Krankheit, sondern auch Beruf und Wohnort bestimmen konnte.

Damals las ich einige Detektivgeschichten und mir fiel unangenehm auf, daß die Lösungen in fast jedem Fall durch den Zufall herbeigeführt wurden – ausgenommen selbstverständlich die glänzenden Detektivgeschichten von Edgar Allan Poe, die, obwohl nur drei an der Zahl, *das* Modell für alle Zeiten sind. Nun, ich gedachte, mich auch einmal an einer Geschichte zu versuchen, in der ein Held den Fall so behandelt wie Dr. Bell eine Krankheit und in dem wissenschaftliche Handhabung den Zufall ersetzt. Das Resultat war Sherlock Holmes, und ich gebe zu, das Resultat war für mich selbst ungemein verblüffend – vor allem als ich später erfuhr, daß man in Frankreich, in Ägypten, in China und sonstwo Ermittlungssysteme nach der Schule von Sherlock Holmes aufgebaut hat.

Für viele ist er eine lebendige Person, und ich erhielt immer wieder unzählige, an ihn adressierte Briefe aus aller Welt mit den seltsamsten Wünschen, eingeschlossen Heiratsangebote. Sein Autogramm ist nach wie vor sehr gefragt.«

Diesen Kommentar vernimmt die Öffentlichkeit kurz nach dem Tod von Sir Arthur Conan Doyle aus seinem eigenen Mund. Es handelt sich jedoch nicht um eine Stimme aus dem Jenseits. Zwei Monate vor seinem Ableben war Doyle von der Firma His Master's Voice gebeten worden, einen Vortrag auf Schallplatte zu sprechen, der so zu seinem Nachruf wird.

Sir Arthur Conan Doyle stirbt am 7. Juli in seinem Landhaus Windlesham in Sussex.

Sherlock Holmes, auf den Plan gerufen in einer weit, weit zurückliegenden Epoche, so scheint es, hat überlebt und wird noch eine Weile weiter leben.

DER LEBENSWEG
DES ARTHUR CONAN DOYLE
VON IHM SELBST GEZEICHNET

WEBB-JOHNSON, PARKINSON, AND MACKINTOSH "THE OLD HORSE HAS PULLED LONG WAY. BUT HE IS WELL CARED FOR. AND WITH SIX WEEKS STABLE AND RASS HE WILL BE ON THE ROAD ONCE MORE."

ACD pinxit

IN ›PUNCH‹, VON BERNARD PARTRIDGE

SIR ARTHUR CONAN DOYLE, NACH EINEM PORTRAIT VON SIDNEY PAGET, 1897

ANHANG

Be Y'S
When you RY'S
And take FRY'S
Pure
Concentrated
Cocoa.
See Page XXII.
SOUTHAMPTON
STREET
THE
STRAND
MAGAZINE
OFFICES

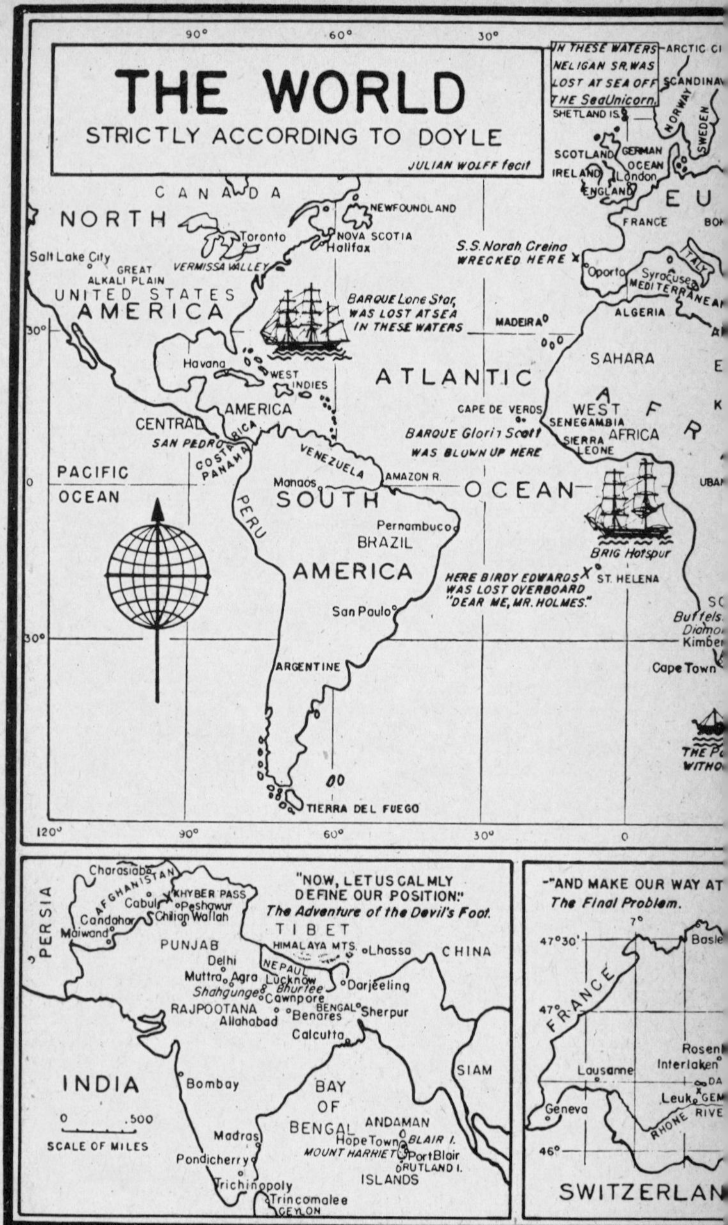
THE WORLD
STRICTLY ACCORDING TO DOYLE
JULIAN WOLFF fecit
90°
60°
30°
IN THESE WATERS NELIGAN SR. WAS LOST AT SEA OFF THE SeaUnicorn.
SHETLAND IS.
NORWAY
SWEDEN
SCOTLAND
GERMAN OCEAN
IRELAND
London
ENGLAND
FRANCE
CANADA
NORTH
NEWFOUNDLAND
Toronto
NOVA SCOTIA
Halifax
S.S. Norah Creina WRECKED HERE
Salt Lake City
GREAT ALKALI PLAIN
VERMISSA VALLEY
Oporto
Syracuse
ITALY
MEDITERRANEAN
UNITED STATES
AMERICA
BARQUE Lone Star, WAS LOST AT SEA IN THESE WATERS
MADEIRA
ALGERIA
SAHARA
Havana
WEST INDIES
ATLANTIC
CENTRAL AMERICA
CAPE DE VERDS
WEST AFRICA
SENEGAMBIA
SIERRA LEONE
BARQUE Gloria Scott WAS BLOWN UP HERE
SAN PEDRO
COSTA RICA
PANAMA
VENEZUELA
PACIFIC OCEAN
AMAZON R.
Manaos
SOUTH
OCEAN
PERU
Pernambuco
BRAZIL
BRIG Hotspur
AMERICA
HERE BIRDY EDWARDS WAS LOST OVERBOARD "DEAR ME, MR. HOLMES."
ST. HELENA
San Paulo
Cape Town
ARGENTINE
TIERRA DEL FUEGO
120°
90°
60°
30°
0
Charasiab
AFGHANISTAN
PERSIA
Cabul
KHYBER PASS
Peshawur
Chilian Wallah
Candahar
Maiwand
"NOW, LET US CALMLY DEFINE OUR POSITION."
The Adventure of the Devil's Foot.
TIBET
PUNJAB
HIMALAYA MTS.
Lhassa
CHINA
Delhi
NEPAUL
Muttra
Agra
Lucknow
Bhurtee
Shahgunge
Cawnpore
Darjeeling
RAJPOOTANA
BENGAL
Sherpur
Allahabad
Benares
Calcutta
SIAM
INDIA
Bombay
BAY OF BENGAL
0 500
SCALE OF MILES
Madras
ANDAMAN
Hope Town
BLAIR I.
MOUNT HARRIET
Port Blair
RUTLAND I.
ISLANDS
Pondicherry
Trichinopoly
Trincomalee
CEYLON
-"AND MAKE OUR WAY AT
The Final Problem.
7°
47°30'
Basle
47°
FRANCE
Lausanne
Interlaken
Geneva
Leuk
RHONE
46°
SWITZERLAN

"I HEAR OF SHERLOCK EVERYWHERE".
The Greek Interpreter
60°
90°
120°
150°
SIBERIA
ASIA
USSIA
SEA OF AZOF
PARTHIA
PERSIA
AFGHANISTAN
N.-W. PROVS.
NEPAUL
TIBET
Lhassa
GANGES R.
Agra
Bombay
INDIA
ARABIA
Jiddah
Mecca
Peking
CHINA
AMOY R.
FORMOSA
JAPAN
Nara
SIAM
ANDAMAN IS.
PENANG
Trincomalee
CEYLON
Singapore
SUMATRA
Tapanuli
EAST INDIES
"QUITE PECULIAR TO CHINA".
The Red-Headed League
Matilda Briggs
ISLAND OF MAURITIUS
AUSTRALIA
SOUTH AUSTRALIA
Broken Hill
Adelaide
Sydney
VICTORIA
Ballarat
Melbourne
Auckland
NEW ZEALAND
S.S. Rock of Gibraltar
60°
30°
0
30°

URE INTO SWITZERLAND."
10°
47° 30'
AUSTRIA
47°
Davos Platz
SPLÜGEN PASS
46° 30'
0 10 20 30 40 50
SCALE OF MILES

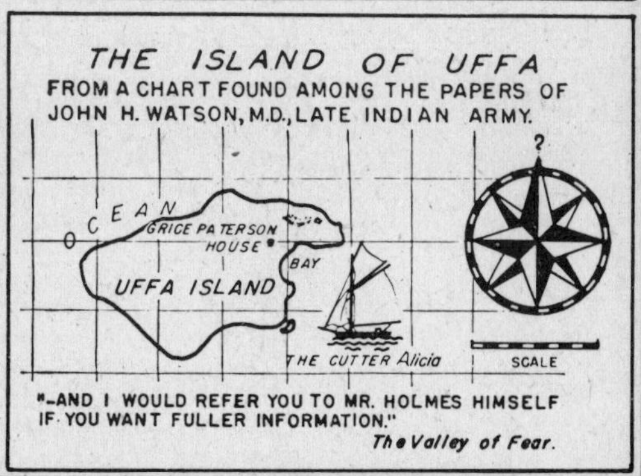
THE ISLAND OF UFFA
FROM A CHART FOUND AMONG THE PAPERS OF
JOHN H. WATSON, M.D., LATE INDIAN ARMY.
OCEAN
GRICE PATERSON HOUSE
BAY
UFFA ISLAND
THE CUTTER Alicia
SCALE
"—AND I WOULD REFER YOU TO MR. HOLMES HIMSELF
IF YOU WANT FULLER INFORMATION."
The Valley of Fear.

SHETLAND ISLANDS
JOHN O'GROATS
NORWAY
HARRIS
Aberdeen
Balmoral
SCOTLAND
Dundee
Rosyth
Lomond
Edinburgh
LAUDERALLAN WATER
Corstairs
Coldstream
NORTHUMBERLAND
Newcastle
GERMAN
OCEAN
DENMARK
Belfast
WEST-MORLAND
Darlington
York
IRELAND
Maynooth
Dublin
Leeds
"THERE'S AN EAST WIND COMING, WATSON."
Birmingham
EAST ANGLIA
Amsterdam
Waterford
Blackwater
WALES
ENGLAND
The Hague
Rotterdam
WHERE HOLMES GAVE SERIOUS TROUBLE TO THE CONSTABULARY
London
Flushing
Brussels
WESSEX
New-haven
Liege
BELGIUM
RHINE RIVER
DARTMOOR
ENGLISH CHANNEL
Malplaquet
Dieppe
Frankfort
HOLMES AND WATSON LANDED HERE
Heidelberg
ATLANTIC
Paris
BY A CURIOUS COINCIDENCE, LE BRUN WAS BEATEN UP HERE
Baden
Strasburg
OCEAN
FRANCE
SWITZERLAND
Lyons
Milan
Grenoble
Marengo
Bordeaux
HOME OF OSCAR MEUNIER, THE WAX MODELER
WHERE MR. WINDIBANK'S COMPANY HAD AN OFFICE
Nimes
Montpellier
San Remo
Narbonne
Marseilles
RIVIERA
SPAIN
MEDITERRANEAN SEA
Barcelona
Oporto
DON MURILLO WAS MURDERED HERE
Madrid
PORTUGAL
Seville
Gibraltar
THE REIGNING FAMILY OF HOLLAND
THE COMMISSION FROM THE SULTAN OF TURKEY
THE AFFAIR OF THE VATICAN CAMEOS

St Petersburg
JEFFERSON HOPE PASSED THROUGH THIS CITY IN PURSUIT OF DREBBER AND STANGERSON
THE SHERLOCK HOLMES MAP OF
EUROPE
"EUROPE WAS RINGING WITH HIS NAME." —— The Reigate Squires.
A CERTAIN GRACIOUS LADY
Riga
WEDEN
Dantzig
THE HOME TOWN OF FRITZ VON WALDBAUM
Grodno
PRUSSIA
Warsaw
HERE THE KING OF BOHEMIA MET THE WOMAN
LITTLE RUSSIA
RUSSIA
Eglow
Prague
Egloniiz
BOHEMIA
KING OF THIS COUNTRY WAS INVOLVED IN A SCANDAL
SCHOENBRUNN PALACE-ALTAMONT'S TOKAY CAME FROM HERE (VIA VON BORK)
Buda-Pesth
USTRIA-HUNGARY
HOLMES INVESTIGATED THE TREPOFF MURDER HERE
Odessa
VAMPIRES ARE FOUND HERE
TRANSYLVANIA
CRIMEA
ROUMANIA
SERVIA
BLACK SEA
BULGARIA
MONTENEGRO
TURKEY
Naples
GREECE
Athens
Copyright 1940 by Julian Wolff
Julian Wolff
13 JAN 1954
THE ILLUSTRIOUS CLIENT
THE KING OF SCANDINAVIA

May Day
Tarleton
LANCASH
New Brighton
Liverpool
Mac
Bangor
Crewe
0 5 10 15 20 25 30 35 40 45
MILES.
N
W A L E S
HEREFORDSHIRE
Hereford
BOSCOMBE VALLEY
Ross
Abergavenny
RIVER SEVERN
Bristol
ATLANTIC
OCEAN
DEVONSHIRE
Folkestone Court
Exeter
King's Pyland
Tavistock
THORSLEY PARISH
GRIMPEN MIRE
Grimpen
Princetown
DART-
MOOR
Fernworthy
LONG DOWN
Coombe Tracey
Plymouth
HIGH BARROW PARISH
C O R N W A L L
St. Ives
Redruth
Tredannick
BEAUCHAMP
ARRIANCE
Wollas
Falmouth
POLDHU BAY
MOUNTS BAY
Helston
Gloria Scott
ENGL
53
52
51
50
5
4
3

ENGLAND

"I KNOW THAT COUNTRY, HOLMES."
The Adventure of the Sussex Vampire.

The Adventure of the Sussex Vampire
The Problem of Thor Bridge
The Case of isadoraPersano
The Adventure of the SpeckledBand
The Adventure of the CardboardBox
The Five Orange Pips
The Yellow Face
The Adventure of the Engineer's Thumb
The Adventure of the BrucePartington Plans
The Famous Card Scandal of the Non-Pareil Club
The Disappearance of Lady Frances Carfax
The Politician the Lighthouse and the Trained Cormorant
The Adventure of the Three Students
The Adventure of the Noble Bachelor
The Adventure of the Dying Detective
The Giant Rat of Sumatra
Wilson the Notorious Canary Trainer
The Adventure of the Six Napoleons
The Adventure of the Second Stain
HARROW WEALD
PINNER
MIDDLESEX
HARROW
HAMPSTEAD HEATH
HAMPSTEAD
WILLESDEN
KILBURN
ST. JOHN'S WOOD
221B
Paddington Station
NOTTING HILL
Kensington Gardens
KENSINGTON
HYDE PARK
WESTMINSTER
Gloucester Road Station
HAMMERSMITH
Hammersmith Bridge
Victoria Station
CHISWICK
HURLING-HAM
OLD DEER PARK
RICHMOND
Clapham Junction
KINGSTON
WIMBLEDON
SURREY
ESHER
OXSHOTT
0 1 MILES 3 4
LONDON
"Come, Watson, come! The game is afoot."
—The Adventure of the Abbey Grange.

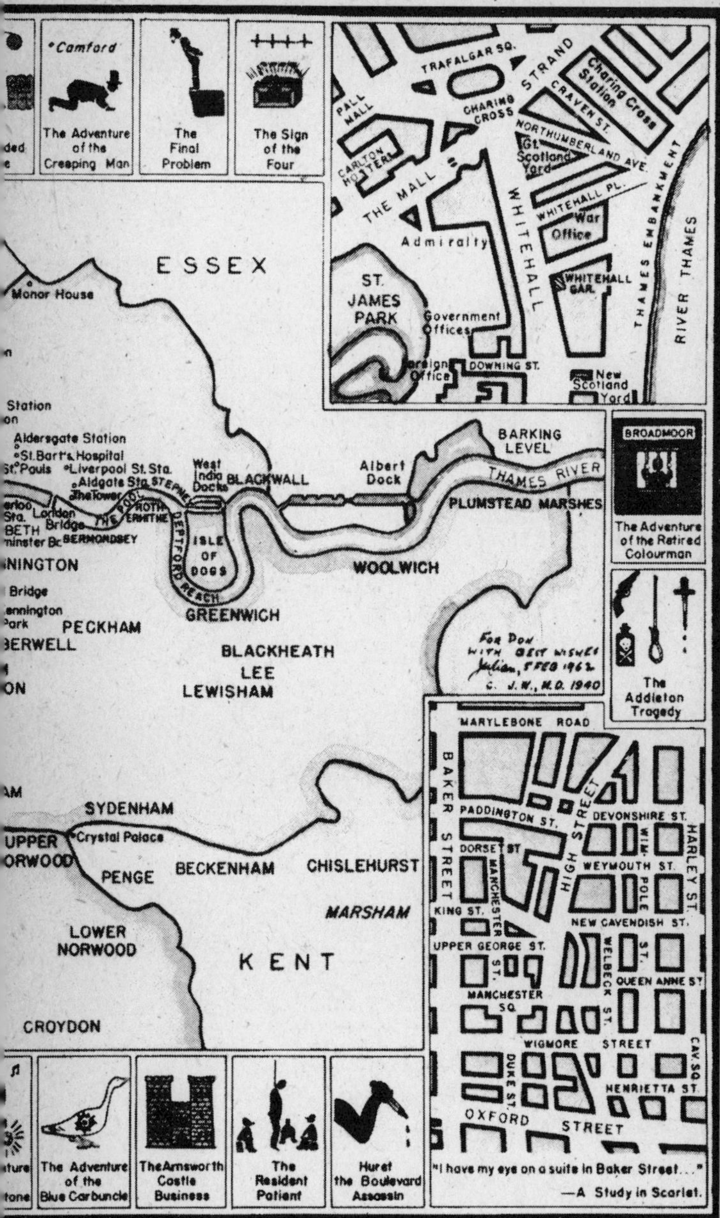

Camford
The Adventure of the Creeping Man
The Final Problem
The Sign of the Four
TRAFALGAR SQ.
STRAND
Charing Cross Station
CRAVEN ST.
PALL MALL
CHARING CROSS
NORTHUMBERLAND AVE.
CARLTON HOUSE TERR.
Gt. Scotland Yard
THE MALL
WHITEHALL PL.
WHITEHALL
War Office
Admiralty
THAMES EMBANKMENT
RIVER THAMES
ST. JAMES PARK
WHITEHALL GAR.
Government Offices
Foreign Office
DOWNING ST.
New Scotland Yard
ESSEX
Manor House
Station
Aldersgate Station
St. Bart's Hospital
St. Pauls
Liverpool St. Sta.
Aldgate Sta.
The Tower
STEPNEY
West India Docks
BLACKWALL
Albert Dock
BARKING LEVEL
THAMES RIVER
PLUMSTEAD MARSHES
BROADMOOR
The Adventure of the Retired Colourman
London Bridge
THE POOL
ROTHERHITHE
BERMONDSEY
DEPTFORD REACH
ISLE OF DOGS
WOOLWICH
GREENWICH
PECKHAM
BLACKHEATH
LEE
LEWISHAM
For Don
with best wishes
Julian, 5 FEB 1962
C. J.W., M.D. 1940
The Addleton Tragedy
MARYLEBONE ROAD
BAKER STREET
PADDINGTON ST.
HIGH STREET
DEVONSHIRE ST.
DORSET ST.
MANCHESTER ST.
WEYMOUTH ST.
WIM. POLE
HARLEY ST.
KING ST.
NEW CAVENDISH ST.
UPPER GEORGE ST.
WELBECK ST.
QUEEN ANNE ST.
MANCHESTER SQ.
WIGMORE STREET
CAV. SQ.
DUKE ST.
HENRIETTA ST.
OXFORD STREET
SYDENHAM
UPPER NORWOOD
Crystal Palace
PENGE
BECKENHAM
CHISLEHURST
MARSHAM
LOWER NORWOOD
KENT
CROYDON
The Adventure of the Blue Carbuncle
The Arnsworth Castle Business
The Resident Patient
Huret the Boulevard Assassin
"I have my eye on a suite in Baker Street..."
—A Study in Scarlet.

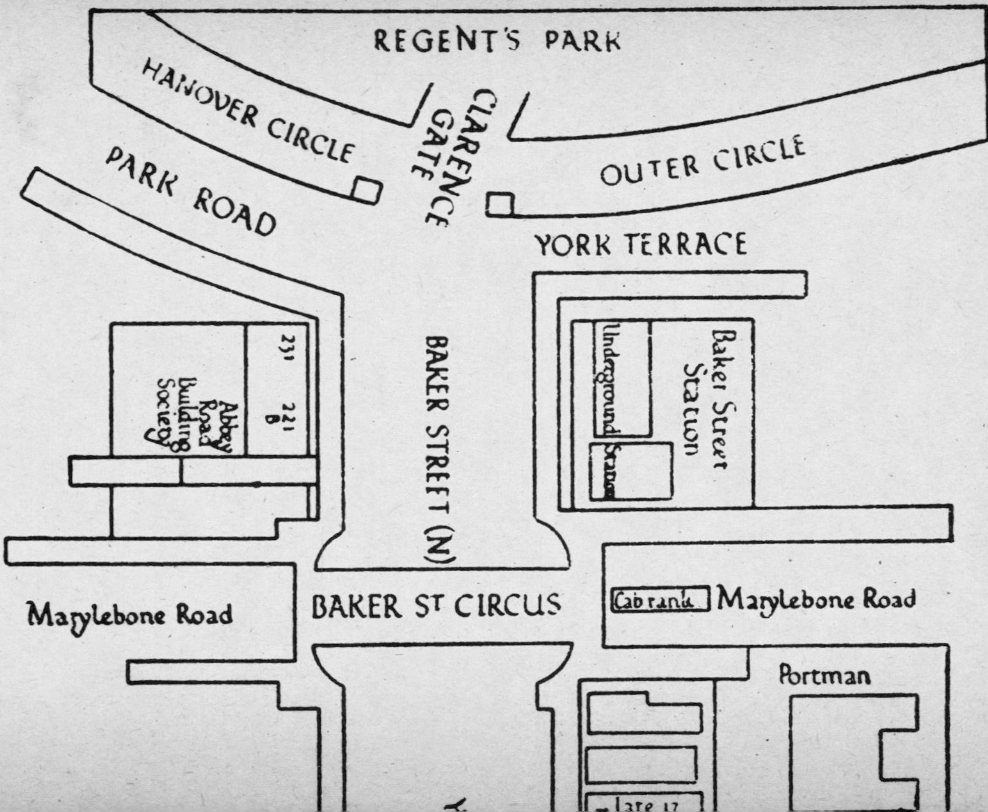
REGENT'S PARK
HANOVER CIRCLE
CLARENCE GATE
OUTER CIRCLE
PARK ROAD
YORK TERRACE
231
221 B
Abbey Road Building Society
BAKER STREET (N)
Baker Street Station
Underground Station
Marylebone Road
BAKER ST CIRCUS
Cab rank
Marylebone Road
Portman

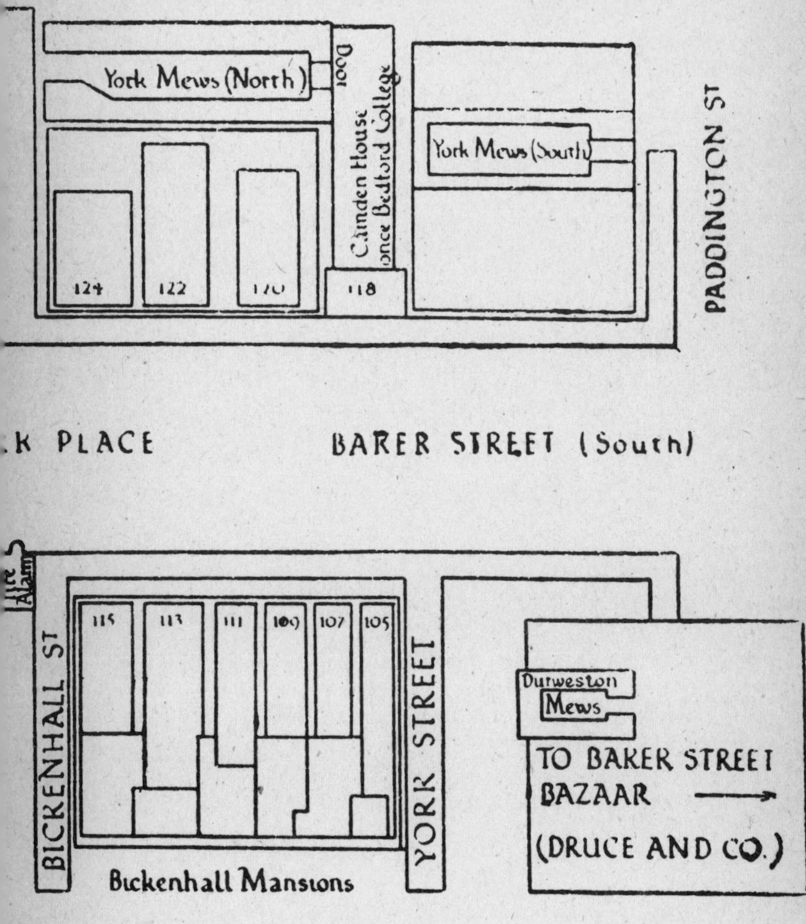

York Mews (North)
Door
Camden House
once Bedford College
York Mews (South)
PADDINGTON ST
124
122
120
118
K PLACE
BAKER STREET (South)
Fire Alarm
115
113
111
109
107
105
BICKENHALL ST
YORK STREET
Durweston
Mews
TO BAKER STREET
BAZAAR
(DRUCE AND CO.)
Bickenhall Mansions

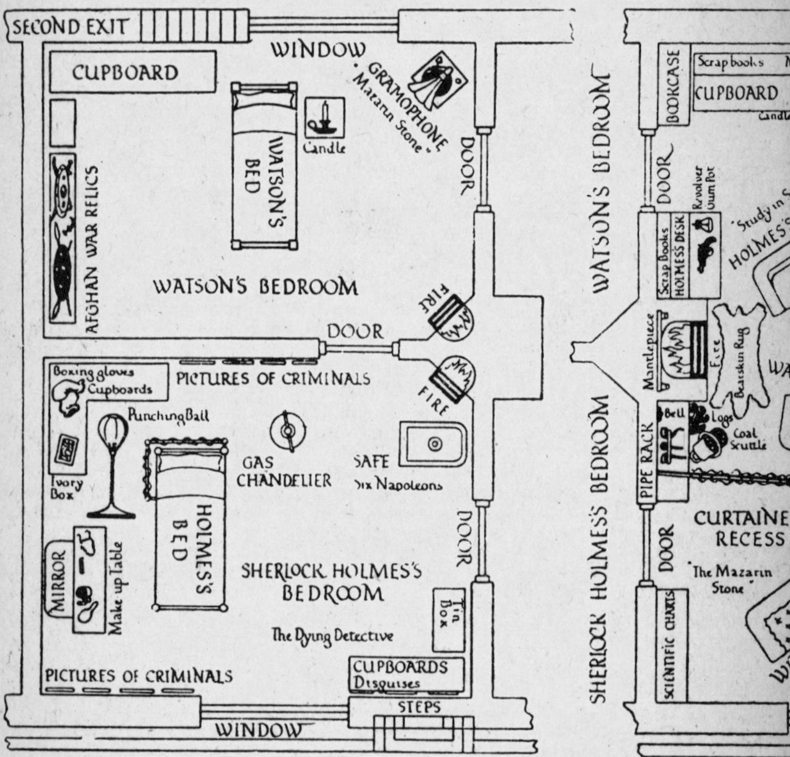
SECOND EXIT
WINDOW
CUPBOARD
GRAMOPHONE
"Mazarin Stone"
WATSON'S BED
Candle
DOOR
AFGHAN WAR RELICS
WATSON'S BEDROOM
FIRE
DOOR
FIRE
Boxing gloves
Cupboards
PICTURES OF CRIMINALS
Punching Ball
Ivory Box
GAS CHANDELIER
SAFE
Six Napoleons
HOLMES'S BED
DOOR
MIRROR
Make up Table
SHERLOCK HOLMES'S BEDROOM
The Dying Detective
Tin Box
PICTURES OF CRIMINALS
CUPBOARDS
Disguises
STEPS
WINDOW
WATSON'S BEDROOM
SHERLOCK HOLMES'S BEDROOM
BOOKCASE
Scrapbooks
CUPBOARD
DOOR
Revolver
Gum Pot
Scrap Books
HOLMES'S DESK
Mantlepiece
Fire
Bearskin Rug
Bell
Logs
Coal Scuttle
PIPE RACK
CURTAINED RECESS
DOOR
"The Mazarin Stone"
SCIENTIFIC CHARTS

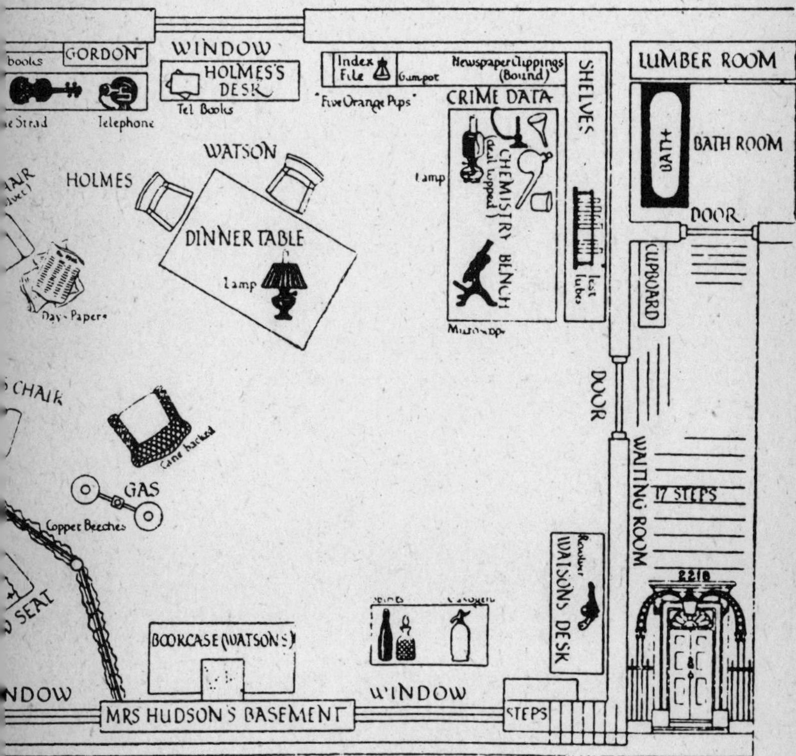

books
GORDON
WINDOW
HOLMES'S DESK
Tel Books
Telephone
Index File
Gumpot
Newspaper Clippings (Bound)
"Five Orange Pips"
CRIME DATA
SHELVES
LUMBER ROOM
BATH
BATH ROOM
DOOR
WATSON
HOLMES
Lamp
CHEMISTRY BENCH
(deal topped)
DINNER TABLE
Lamp
Day-Papers
Test tubes
CUPBOARD
DOOR
CHAIR
Cane backed
GAS
Copper Beeches
WAITING ROOM
17 STEPS
221B
Revolver
WATSON'S DESK
BOOKCASE (WATSON'S)
WINDOW
MRS HUDSON'S BASEMENT
STEPS

REKONSTRUKTION VON SHERLOCK HOLMES' ARBEITSZIMMER

KLEINE BIBLIOGRAPHIE DER DOYLE-ERSTAUSGABEN

Sherlock Holmes Romane und Geschichten

A Study in Scarlet 1888
The Sign of the Four (später The Sign of Four) 1890
The Adventures of Sherlock Holmes 1892
The Memoirs of Sherlock Holmes 1894
The Hound of the Baskervilles 1902
The Return of Sherlock Holmes 1905
The Valley of Fear 1915
His Last Bow 1917
The Case-Book of Sherlock Holmes 1927

Romane, außer den Erzählungen

Micah Clarke 1889
The Mystery of Cloomber 1889
The Firm of Girdlestone 1890
The White Company 1891
The Doings of Raffles Haw 1892
The Refugees 1893
The Parasite 1894
The Stark Munro Letters 1895
Rodney Stone 1896
Uncle Bernac 1897
The Tragedy of the Korosko 1898
A Duet with an Occasional Chorus 1899
Sir Nigel 1906
The Lost World 1912
The Poison Belt 1913
The Land of Mist 1926
The Maracot Deep 1929

Geschichten-Sammlungen

Mysteries and Adventures 1889
The Captain of the Pole-Star 1890
Round the Red Lamp 1894
The Exploits of Brigadier Gerard 1896
The Green Flag 1900
The Adventures of Gerard 1903
Round the Fire Stories 1908
The Last Galley 1911
Danger! 1918
Tales of Adventure and Medical Life 1922

Geschichte

The Great Boer War 1900
The British Campaign in France and Flanders 1916–1919

Autobiographisches und Briefe

Through the Magic Door 1907
Three of Them 1923
Memories and Adventures 1924

Gedichte

Songs of Action 1898
Songs of the Road 1911
The Guards Came Through 1919

Spiritualismus

The New Revelation 1918
Vital Message 1919
The Wanderings of a Spiritualist 1921
The Coming of the Fairies 1922
Our American Adventure 1923
Our Second American Adventure 1924

The History of Spiritualism (2 Volumes) 1926
Pheneas Speaks 1927
Our African Winter 1929
The Edge of the Unknown 1930

Conan Doyle Biographien

Hesketh Pearson, »Conan Doyle – His Life and Art«, London: Methuen 1943

John Dickson Carr, »The Life of Sir Arthur Conan Doyle«, London: John Murray 1949

Pierre Nordon, »Conan Doyle«, Paris: Marcel Didier 1964

Ronald Pearsall, »Conan Doyle; A Biographical Solution«, London: Weidenfeld and Nicolson 1977

Charles Higham, »The Adventures of Conan Doyle«, New York: W. W. Norton & Company 1976

Julian Symons, »Portrait of an Artist Conan Doyle«, London: Whizzard Press/André Deutsch 1979

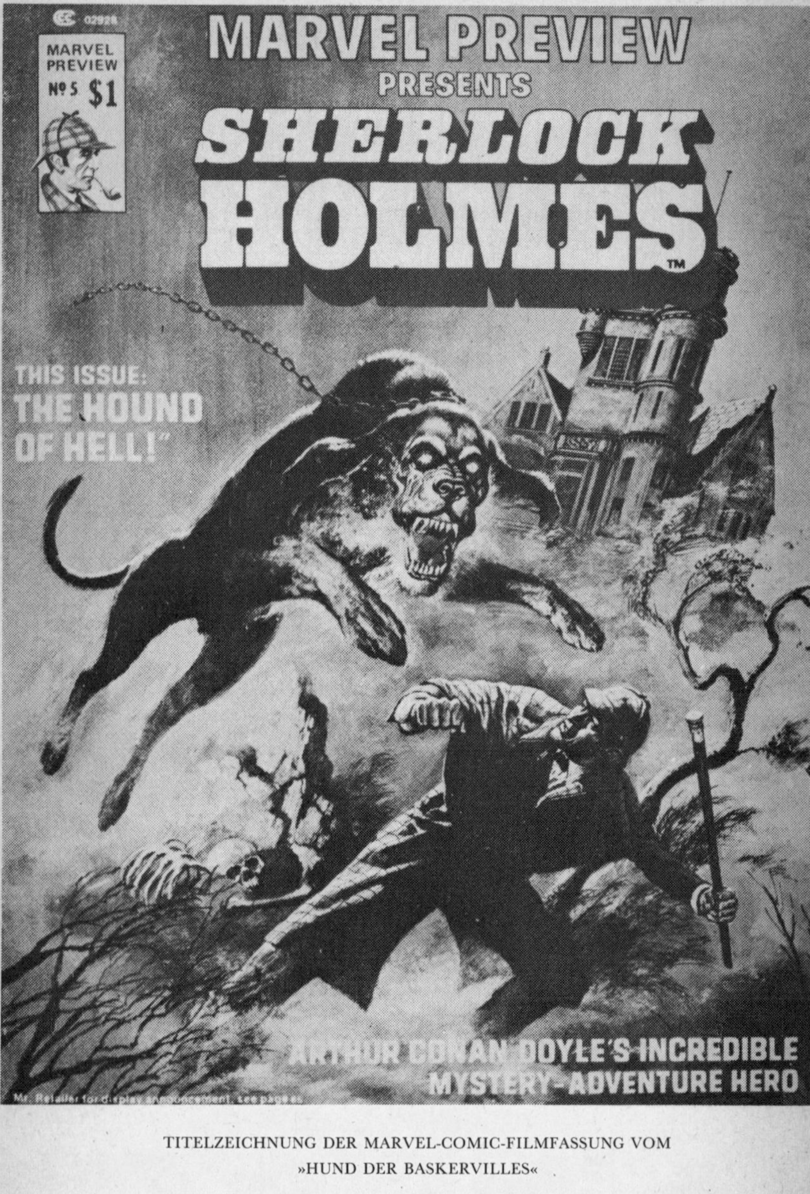

TITELZEICHNUNG DER MARVEL-COMIC-FILMFASSUNG VOM
»HUND DER BASKERVILLES«

SHERLOCK HOLMES, WORLD-CHAMPION

Die Gesamtauflage seiner Werke – mit Übersetzungen in sozusagen sämtliche Sprachen dieser Erde, mit Bearbeitungen in jede literarische Form, vom Drama bis zum Comic – ist, laut Unesco, nicht zu ermitteln. Sherlock Holmes hat jedoch die Ehre, Platz 1 der Weltrangliste sogar der Bibel und den Schriften der Marx/Engels streitig zu machen.

Passionierte Sherlock Holmes-Leser waren und sind: Sultan Abdul Hamid II., Eric Ambler, Kingsley Amis, Isaac Asimov, Pièrre Bioleau, Nicholas Broke, John Dickson Carr, Gilbert K. Chesterton, Agatha Christie, Len Deighton, Umberto Eco, Nino Erné, John Fowles, Egon Friedell, Paul Gallico, Robert Gernhardt, Graham Greene, Hugh Greene, O. Henry, James Hilton, Christopher Isherwood, Marvin Jones, Franz Kafka, Maurice Leblanc, Pierre Narcejac, Zar Nikolaus II. und Familie, George Orwell, Baroness Orczy, Präsident Syng Man Ree, Theodore Roosevelt, G. B. Shaw, C. P. Snow, Rex Stout, Julian Symons, Marschall Tito, Billy Wilder, Kaiser Wilhelm II., Angus Wilson, Zeus Weinstein u. v. a.

Verfilmungen, Fernseh-Serien, Parodien und Pastiches sind dito. nicht mehr zählbar. Die bisher bedeutendsten Darsteller in Sherlock-Holmes-Filmen: Hans Albers, John Barrymore, Clive Brook, Nigel Bruce, Peter Cushing, Marty Feldman, William Gilette, Christopher Lee, James Mason, Roger Moore, Reginald Owen, Christopher Plummer, Basil Rathbone, Heinz Rühmann, Robert Stevens und Arthur Wontner.

Sherlock Holmes Clubs in den USA: 94, davon 21 allein in New York, 19 in California und 9 in Pennsylvania; 2 in Japan, je 1 in England, Canada, Australien, Dänemark, Schweden und der UdSSR.

Sherlock Holmes Läden in Amerika und England, 15 an der Zahl, leben von Sherlock Holmes und dem Verkauf von Sherlock-Holmes-Deerstalker, -Invanes Capes, Pfeifen, -Tabaksdosen, -Briefbeschwerern, -T-Shirts, -Puppen, -Geschirr und -Spielen.

Sherlock Holmes Werbung in Amerika, England und Japan für Backwaren, Nescafé, Autos, Arzneimittel, Spirituosen, Kleidung, Computer, Videogeräte, Reisebüros, Banken, Tabak, Bier u. v. a.

Unzählbar auch die Sherlock-Holmes-Bars, -Cafés und -Pubs in aller Welt.